ぼくに友だちがいない理由

小林史人

絵 kigimura

さ・え・ら書房

ぼくに友だちがいない理由

もくじ

人物紹介

鷹部屋《たかべや》真翔《まこと》
（マコちゃん）

ウサギ係。体育と休み時間のヒーロー。必殺技は「サイクロン〇〇」。

浦田《うらた》さとる

整理整頓係。なのに、ウサギの世話ばかり熱心にしている。

鈴木《すずき》育人《いくと》

主人公。整理整頓係。めんどうくさいことに関わるのがきらい。潔癖症。

美咲《みさき》凪《なぎ》

学級委員。気まじめで、気が強い。ことあるごとにマコちゃんともめる。

東條《とうじょう》海音《あまね》

いつも育人にかまってくる寝ぐせ女子。

ブー
（谷口《たにぐち》くん）

マコちゃんのライバル。正義感あふれる熱血男子。

田沢《たざわ》くん

ウサギ係。絵がうまい。感情がすぐ顔に出る。

町村《まちむら》先生

いつもこわい顔をしている学年主任の先生。

歌岡《うたおか》先生

五年二組の担任。おっとりした教師一年生。

安西《あんざい》くん・
黒田《くろだ》くん・中野《なかの》くん

サイクロンハンマー組のメンバー。

1 ウサギ係は無理《むり》です

「みなさん、自分の係は確認《かくにん》できましたか？」

落ちついた声でそう言うと、学級委員の美咲凪《みさきなぎ》は、黒板の前から高瀬《たかせ》小学校五年二組の教室を見まわした。

納得《なっとく》しているか？　不満《ふまん》はないか？　一人ひとりの気持ちをたしかめるように、ターコイズブルーの視線《しせん》をクラスメイトに向けていく。

その瞳《ひとみ》は森に囲《かこ》まれた、おだやかな湖面を思わせる。凪《なぎ》のお父さんの国、フィンランドは森と湖の国なのだ。いつかぼくも行ってみたい。そりゃあもちろん、凪《なぎ》といっしょにだ。

ぼんやりとそんなことを考えていたら、凪《なぎ》と目が合いそうになった。あわてて目を伏《ふ》せた机《つくえ》の上には、十字に折《お》り目《め》のついた紙切れがある。

ぼくにぴったりの係だ。

〈整理整頓係《せいりせいとんがかり》〉。

几帳面《きちょうめん》に書かれた、その文字をなぞった。うん。ぼくにぴったりの係だ。

凪《なぎ》いだ海を照《て》らす灯台《とうだい》のように流れていた凪《なぎ》の視線《しせん》が、真ん中の列、一番前の席《せき》でピタリと止まった。そこでは、さっきまで大騒《おおさわ》ぎしていたマコちゃんこと、鷹部屋真翔《たかべやまこと》が、手元で紙切れを丸めていた。くちびるをとんがらせて、ひねりつぶすように指先をこすりあわせている。

この時点で、ぼくはピンときた。これはタダじゃ済《す》まないぞと。

よっぽど反《そ》りが合わないのだろう。今年初《はじ》めて同じクラスになったマコちゃんと凪《なぎ》は、ことあるごとにぶつかっている。

ちらりと廊下《ろうか》のほうに目をやったけど、担任《たんにん》の歌岡《うたおか》先生が帰ってくる気配はない。

新学年、学期始めの「係決め」。言うまでもなく重要《じゅうよう》だ。クラス内での立ち位置《いち》や、自分の入るグループにも関係《かんけい》する。そのだいじなときに「決め方は任《まか》せます」と言《い》い残《のこ》して、歌《うた》岡《おか》先生は職員室《しょくいんしつ》に行ってしまった。学年主任《がくねんしゅにん》の町村《まちむら》先生がわざわざ呼《よ》びにきたのだ。

歌岡《うたおか》先生は大学を出たばかりの女の先生だ。新学期が始まってから、なぜだかこんなふうにちょくちょく呼《よ》びだされている。きっと、いろいろ抜《ぬ》けているところがあるんだろう。

たしかに歌岡《うたおか》先生は、ちょっとのんびりしているところがあるけれど、クラスのみんなには人気がある。笑顔《えがお》がかわいいとか、話をちゃんと聞いてくれるとか、理由はいくつかあったけれども、ぼくはその話し方が好《す》きだった。低《ひく》めのアルトの声で一言ひとことていねいに話す。

凪《なぎ》の突《つ》きさざるような視線《しせん》を感じたのか、マコちゃんは紙切れ――ウサギ係と書かれているくじをくしゃくしゃに丸めるのをやめて、顔を上げた。

「何？　なんか文句《もんく》あんの？」

するどく目を細めたマコちゃんは、凪《なぎ》への視線《しせん》を外さないまま、見せつけるように手元のくじを丸めるのを再開《さいかい》した。親指と人さし指で、手垢《てあか》を練りこむようにひねりつぶしていく。

凪《なぎ》が作ったくじが、鼻くそみたいになっていくのを見て、ぼくは悲しくなった。

そんなマコちゃんを見おろしていた凪《なぎ》は、一切表情《いっさいひょうじょう》を動かすことなく、きっぱりと言い放った。

「鷹部屋《たかべや》くんに、ウサギ係は無理《むり》です」

いきなりのダメ出しに、マコちゃんは数秒ぽかんとしたあと、はねるように立ちあがった。凪《なぎ》より頭ひとつ小さいマコちゃんだけど、そんなことは全然《ぜんぜん》感じさせない迫力《はくりょく》がある。机《つくえ》を両手でたたいて叫《さけ》んだ。

「なんで無理《むり》なんだよ!」

くじ引きにしようと言ったのは、マコちゃんだった。

とくに反対意見も出なかったから、凪《なぎ》が手際《てぎわ》よく、くじを準備《じゅんび》して、みんなで引いた。そして、マコちゃんはウサギ係のくじをつかみとった。一番人気がない係を、まさか自分が引き当てるとは考えていなかったのだろう。マコちゃんは、すぐさまブーブー言いだして、しまいには、「くじ引きなんて不公平《ふこうへい》だ」と騒《さわ》ぎたてた。

せっかく凪《なぎ》がこう言ってくれているのに、なんでつっかかるんだよ。さっさとそれに乗っかって、ウサギ係を辞退《じたい》したらいいんだ。

ため息をついたぼくの視線《しせん》の先で、マコちゃんは凪《なぎ》をにらみつけている。

「なあ、シロゴボウ。無理《むり》っていうのは、いったいどういう意味だよ?」

「鷹部屋《たかべや》くん、発言するときは挙手《きょしゅ》してください。それと、シロゴボウって呼《よ》ぶのはやめて。

それってレイシャルハラスメントだからね」

「なんだよ、そのフェイシャルアライメントって？　洗顔《せんがん》か？　化粧品《けしょうひん》か？」

凪《なぎ》は肩《かた》にかかる金髪《きんぱつ》を振《ふ》りはらい、一歩前に進みでた。冷静《れいせい》な態度《たいど》は変《か》わらないけれど、心なしか顔が赤くなっている。

「レイシャルハラスメントっていうのはね、外国人だとかハーフだとかっていうことを理由に、いやがらせとか仲間《なかま》はずれにしたりすることを言うの。一度、説明《せつめい》したよね？」

「白くて、ひょろっちいからシロゴボウ。いいじゃん。わかりやすくて」

「それはパーソナルハラスメント。人の見た目や性格《せいかく》をあげつらって、いやがらせをすること。それもやっちゃいけないこと」

「フェイシャルだか、パンナコッタだか知らねーけど、じゃあ、おまえがおれに言ったのはいいのかよ？　ハラスメントじゃないのかよ？　なあ、シロゴボウ、教えてくれよ。なんでおれにはウサギ係が無理《むり》なんだよ？」

凪《なぎ》は大きくため息をついた。

少し間をとり、今度は言い聞かせるように話しだす。

「ウサギはぬいぐるみじゃないんだよ。生きものなんだよ。ちゃんと世話しないと死んじゃうんだよ」

ぼくも、クラスのみんなも、いっせいにうなずいた。

「そ、そんなのわかってるよ」

「わかってません。自分のこともきちんとできない人が、生きものの世話なんてできるわけがありません」

「おまえってさあ、なんでそうやって決めつけるわけ？」

凪《なぎ》は答える代わりに、だまってマコちゃんの机《つくえ》を指さした。

「な、なんだよ？」

「グジャグジャ」

整ったまゆをひそめて、凪《なぎ》はそれだけ言った。

「たしかに」

思わず出てしまったのだろう。だれかの口からもれたひとりごとが教室にひびいた。

新学期が始まって二週目で、すでにマコちゃんの机《つくえ》は危険物《きけんぶつ》あつかいされている。きのうの掃除《そうじ》のときなんて、倒《たお》れてしまった机《つくえ》の中から、グジャグジャに突《つ》っこまれたプリントといっしょに、大量《たいりょう》の輪《わ》ゴムでグルグル巻《ま》きにされたバナナの皮が出てきた。

「そんなの関係《かんけい》ないだろ！　おれだってウサギの世話くらいできる！　絶対《ぜったい》にやってやる！」

負けずぎらいのマコちゃんが叫《さけ》んだ。その一言に一番いやな顔をしたのは、同じウサギ係のくじを引いてしまった田沢《たざわ》くんだったかもしれない。

結局《けっきょく》、くじのとおり、ウサギ係はマコちゃんと田沢《たざわ》くんに決まった。

○

みんなが、黒板に書かれた係の文字の下に自分の名前を書いていく。

ウサギ係と書かれた下に、やたらとでかい字で〈鷹部屋真翔《たかべやまこと》〉と書いたマコちゃんは上機嫌《じょうきげん》だ。鼻の穴《あな》をぷっくりふくらませて、するするとぼくの席《せき》に近づいてきた。凪《なぎ》の制止《せいし》なんか知らんぷりだ。

ぼくと目が合うと、マコちゃんはいつものハスキーボイスで話しかけてきた。

「育人《いくと》は何係になったんだよ？」

「……整理整頓係《せいりせいとんがかり》だけど」

「お、いいねー。育人《いくと》にピッタリじゃん。で、さとるはどうなんだ？」

マコちゃんが声をかけた浦田《うらた》さとるは、ぼくのななめうしろ、窓際《まどぎわ》の一番うしろの席《せき》に座《すわ》っている。返事がないところをみると、また何か変《へん》なことをやっているにちがいない。

「あーっ！　さとる、おまえ、何やってんだよ？」

マコちゃんの大声にびっくりして振《ふ》りかえると、さとるも驚《おどろ》いて顔を上げたところだった。

「え？　何？」

ちびた鉛筆《えんぴつ》をにぎりしめたまま、こぼれ落ちそうなくらい目を見ひらいている。

「何、じゃないだろ。それだよ、それ」

さとるの引いたくじが、真っ黒に塗《ぬ》りつぶされている。

「かしてみろよ」

マコちゃんは、それをひょいっと取りあげると、自分の顔の前に持っていった。

「これじゃ、なんだかわかんないじゃんか。さとる、これになんて書いてあった？」

「わからない」

さとるは目をつやつやさせて言った。きっとマコちゃんに話しかけられたのがうれしいのだ。

そんなさとるを、マコちゃんは横目でにらみつけた。

「しょうがねえな」そう言いながら、くじとにらめっこしはじめた。

しばらくの間、くちびるをとんがらせて、三角まゆ毛をうにうにと動かしていたマコちゃんは、何を思ったのか、突然《とつぜん》それをぼくのほうに突《つ》きだした。

「育人《いくと》、これ、なんて書いてあんだ？」

「え？　ぼく？」

「ほかにだれがいるんだよ？　育人《いくと》はさとる係だろ。一年のときからずっと」

たしかにぼくは、一年生のときからさとると同じクラスだ。でも、別《べつ》にさとる係ってわけじゃない。それに、ずっと同じクラスなのはマコちゃんだって同じだ。

「いやあ、それはちょっとちがうんじゃゃ……」

「あー、ごちゃごちゃうるさいな。早くしろよ」

マコちゃんが、ぼくの胸《むね》にくじをおしつけてくる。

こんなことで、もめたってしかたない。ぼくは、気づかれないように小さくため息をついて、マコちゃんからくじを受けとった。

ただでさえ筆圧《ひつあつ》が強いうえに、さとるの使っている鉛筆《えんぴつ》は4Bだ。真っ黒に塗《ぬ》りつぶされた紙切れからは、なんの情報《じょうほう》も読み取れない。こりゃダメだ。せっかく凪《なぎ》が書いたきれいな字をこんなにするなよな……。

「ちゃんと見ろよ」

ぼくの考えていることを見すかすように、マコちゃんのイライラ声が飛《と》んでくる。

「わかってるよ」

ふたたびため息をついたぼくは、くじをつまみあげて、目の前に持ってきた。少しでも真剣《しんけん》に取り組んでいるように見せなければならない。明るい窓《まど》のほうにかざし、ぼくは目を細めた。

「あ」

見える。何か見えるぞ。

光に透《す》かしてみると、真っ黒の中にも、濃《こ》いところと薄《うす》いところのあることがわかった。めちゃくちゃに引かれた線の向《む》こう側《がわ》に、縦《たて》と横にきっちり引かれた直線がかたまりを作っていた。五文字。入り組んだ四角い形。これはきっと漢字だ。最初《さいしょ》の字はたぶん……。

「わかったのかよ？」

「い、いや」

「今、『あ』って、言ったじゃんか」

「言ったけど……」

「なんだよ、はっきりしねえな。なあ、さとる？」

マコちゃんにふられたさとるは、やっぱりうれしそうだ。

「育人《いくと》、なんて書いてあるの？」

なんで、おまえが聞くんだよ。

「で、育人《いくと》。なんて書いてあったんだよ？」

マコちゃんとさとるにはさまれて、ぼくはしぶしぶ口を開いた。

「……せ」

「せ？」

「せ……せいり、せいとん……がかり」

「さとるくんは整理整頓係《せいりせいとんがかり》？　鈴木《すずき》くんといっしょ？」

なぜかうれしそうな凪《なぎ》の声と同時に、マコちゃんがとびあがった。

「ほらみろ。やっぱり育人《いくと》はさとる係じゃんか」

「ちょっと鷹部屋《たかべや》くん！　やめて、そんな言い方！　そんな係ないから！」

いいかげん疲《つか》れたりはしないのだろうか。今日何度目かの二人の言《い》い争《あらそ》いを聞きながら、ぼくは気づいていた。

ぼくと同じ整理整頓係《せいりせいとんがかり》。

それを知ったさとるの目から、わずかにツヤが消えたことを。

2 めんどくさくて悪かったな

今日の給食《きゅうしょく》は、ミートボールコロッケだ。

その名のとおり、コロッケの中にミートボールが入っている合体系《がったいけい》のおかず。おおざっぱな見た目のわりにおいしいんだけど、大きさがテニスボールくらいあるから、食べきるのに苦労《くろう》する。

コロッケもミートボールも人気があるんだから、それぞれ別《べつ》の日に出せばいいのに。どう考えても、そっちのほうがコスパいいでしょ。

半分のそのまた半分、巨大《きょだい》なミートボールコロッケを切りわけ切りわけ、口に運んでいると、

「なんでだよ!」

教室じゅうに聞きなれたハスキーボイスがひびきわたった。

「うそだろ、完璧《かんぺき》な展開《てんかい》だったのに。……ブー、おまえ、パーのあとにチョキが出せるようになったのかよ」

マコちゃんがパーの右手をわなわなとふるわせている。どうやら、今日のおかわりジャンケンはブーが勝ったようだ。

「まあな」

低《ひく》い声で答えると、対戦相手《たいせんあいて》のブーは、給食係《きゅうしょくがかり》によそってもらったミートボールコロッケを、そのままお皿からつまみあげ、「ぬふん」と鼻息とともに、丸ごと口に放りこんでしまった。

おおおおおおお！

クラスがどよめいた。そんなことは気にもせずに、ブーは大きな体を左右にゆするようにしながら、口をもぐもぐ動かしている。

「谷口《たにぐち》くん、給食《きゅうしょく》はちゃんと自分の席《せき》で食べて。それから手で食べるのもやめて」

そんなブーを注意したのは歌岡《うたおか》先生ではなく、凪《なぎ》だった。凪《なぎ》に冷《ひ》ややかに注意されたブーは、小さな目をしばたかせ、口を動かすのをやめた。

「行儀《ぎょうぎ》悪いし、衛生上《えいせいじょう》も問題があると思うの。歌岡《うたおか》先生からも何か言ってください」

凪《なぎ》にふられた歌岡《うたおか》先生は、おだやかな笑顔《えがお》をくずさないまま、まゆを弓なりに上げた。

「そうですね。体に悪そうですね」

ほっぺたをぱんぱんにふくらませたブーが固《かた》まっていた。みるみるうちに、おでこに玉のような汗《あせ》がふきでてくる。

「ぬふー、ぬふー」

「谷口《たにぐち》くん、あせらなくていいから。ゆっくりかんで、少しずつ飲みこむのよ」

「何やってんだよ、ブー」

目を白黒させながら口を動かすブーの背中《せなか》を、マコちゃんがニヤニヤ笑《わら》いながらたたいた。

「ぬふっ、ぬふっ」

「かっこつけるから、そうなるんだ。じゃ、おれは先に行ってるからな。逃《に》げんなよ。今日こそ決着をつけてやる」

バタンと戸を閉《し》めて、教室から出ていくマコちゃんの背中《せなか》を、ブーは無言《むごん》で見送った。涙《なみだ》でにじんだ目の奥《おく》には闘志《とうし》の炎《ほのお》が燃《も》えている。そう、ブーは熱《あつ》い男なのだ。

今日は昼ドッジの決戦《けっせん》だ。

始業式の翌週《よくしゅう》から始まったドッジボール対決は、マコちゃんチームとブーチーム、つまり元四年一組と元四年二組のメンバーに分かれることになった。対戦成績《たいせんせいせき》は二勝《しょう》二敗《はい》。金曜日の今日、出身《しゅっしん》クラス別対抗戦《べつたいこうせん》の決着がつく。

さっきのおかわりジャンケンもそうだけど、マコちゃんとブーは何かと張《は》りあっている。クラス替《が》えの前までは、それぞれがクラスのリーダーだったわけだから、ゆずれないものがあるのだろう。

大一番《おおいちばん》を前に、教室に緊張感《きんちょうかん》がただよいはじめる。

あわただしく配膳台《はいぜんだい》に食器《しょっき》を返す列の中に、さとるの姿《すがた》があった。

ぼくはあわてて残《のこ》り四分の一になったミートボールコロッケを口に放りこみ、配膳台《はいぜんだい》へと急いだ。

「ふぁとるー、ひょっと待って」

ん？　ひょっとして聞こえなかったのかな？　さとるは立ちどまらず、いそいそと教室を出ていこうとしている。

口の中のものをごくんと飲みこんで、もう一度声をかけた。さとるにも整理整頓係《せいりせいとんがかり》の仕事を覚《おぼ》えてもらわなければならない。

「ねえ、さとる。待ってってば！」

「何？」

その振《ふ》りむいた顔がひどかった。ぼくは思わず言ってしまった。

「なんで、そんな顔してんの？　そんないやそうな顔」

「なんでもない」

「なんでもないことないだろ。そんなに下くちびるを突《つ》きだしてさ……。ま、いいや。今から、整理整頓係《せいりせいとんがかり》の仕事を説明《せつめい》するから聞いてよ。ドッジボールはそのあとね」

さとるは不満《ふまん》げだ。行ってしまいはしなかったけれど、うなずきもしない。これ見よがしに、さらに下くちびるを突《つ》きだした。

そんなさとるの態度《たいど》に、さすがにぼくもカチンときた。

凪《なぎ》に「さとるくんのことよろしくね」と言われなきゃ、ぼくだって、こんな説明《せつめい》しやしない。だって、一人でやったほうが早く終わるんだから。

それは、さとるに関《かか》わるたびにわいてくるモヤモヤだった。でも、いちいちそんなことでイライラしてもしょうがない。ぼくは気持ちをおさえながら、話を続《つづ》けた。

「さっきもさ、給食係《きゅうしょくがかり》が給食《きゅうしょく》とりに行ってる間に、ぼくが配膳台《はいぜんだい》をふいてたろ？　あれって整理整頓係《せいりせいとんがかり》の仕事なんだよね。今週はぼくが一人でやっといたけど、来週からはさとるもいっしょにやるんだぞ。いい？　わかった？　あと、本棚《ほんだな》の整理ね。図鑑《ずかん》とかは一番左。文庫本は右側《みぎがわ》。ちゃんと背《せ》の高い順《じゅん》に並《なら》べるんだぞ。それから、机《つくえ》やロッカーの中をきれいにしてくださいって、みんなに呼《よ》びかける。これもだいじな仕事だから。でも、あんまりムキになることはない。だって、やらない人はいくら言ってもやらないんだから。例《たと》えばマコちゃんとか……」

ぼくが説明《せつめい》している間じゅう、さとるの下くちびるが引っこむことはなかった。それでもぼくは、整理整頓係《せいりせいとんがかり》の仕事をひととおり説明《せつめい》する。

「最後《さいご》は一番だいじな仕事。机《つくえ》の並《なら》びをきちっとする。みんなすぐにガチャガチャにしちゃうから、本当は毎時間やりたいくらいなんだけど、とりあえず最初《さいしょ》のうちは、昼休みと、帰りの会のあとにやろうと思ってるんだ。あ、机《つくえ》をそろえるときは、床《ゆか》タイルのつなぎ目を目安にするといいと思う。何か質問《しつもん》ある？」

さとるは下くちびるを出したまま、口を開いた。

「なんでもある」

「え？　何？　質問《しつもん》あるの？」

「育人《いくと》、めんどくさい」

ぼそりとそれだけ言うと、さとるは行ってしまった。

さとるは足の裏《うら》全体を使って走る。

パタパタと廊下《ろうか》をかけるさとるの足音を聞きながら、ぼくはようやく気がついた。なんでさとるがいやそうな顔をしていたのか、それは、めんどくさいぼくに声をかけられたからだったんだ。

「ちぇっ。なんだよ」

気がつけば、教室にはだれも残《のこ》っていなかった。ぼくも、行かなければならない。

ぼくはつぶやくと、急いで机《つくえ》をそろえはじめた。

○

ドッジボールは、マコちゃんチームの勝利《しょうり》に終わった。

マコちゃんチームのみんなは、教室でもはしゃぎまくり、ブーチームの連中《れんちゅう》は、腹立《はらだ》ちまぎれに机《つくえ》をけとばした。まったく、だれがそろえたと思っているんだ。

帰りの会が終わると、さとるは、ずれた机《つくえ》には見向きもせずに、さっさと帰ってしまった。

まあ、そうだろうとは思っていたけどさ。でも、机《つくえ》をそろえているうちに、無性《むしょう》に腹《はら》が立ってきた。なんでぼくは一人でこんなことやってるんだ？

「めんどくさくて、悪かったな」

口に出しても、モヤモヤはおさまらなかった。

ふと四階の窓《まど》から外を見ると、校庭にマコちゃんと田沢《たざわ》くんを見つけた。少し離《はな》れて、さとるがそのあとを追いかけている。

残《のこ》り半分の机《つくえ》は明日の朝にすることにして、ぼくはランドセルをひっつかんだ。さとるにひとこと言ってやる。だって、ぼくはまちがったことはしてないんだから！

がらんとした昇降口《しょうこうぐち》を出ると、ぼくはウサギ小屋のほうへ向かった。

校庭のすみに大きな石がごろごろ積《つ》まれているのが見える。昔、ここには立派《りっぱ》なお屋敷《やしき》があったらしい。その庭園の一部が残《のこ》され、今は岩石園《がんせきえん》と呼《よ》ばれている。そこにウサギ小屋はある。さっき、マコちゃんと田沢《たざわ》くんを見つけたとき、ウサギの世話をしに行くんだとピンときた。あの二人はどう見ても相性《あいしょう》が悪くて、係の仕事以外《いがい》で二人がいっしょにいるなんて考えられなかったからだ。

思ったとおり、二人はウサギ小屋の中にいた。でも、肝心《かんじん》のさとるの姿《すがた》が見あたらない。どこに行ったんだろう？

見つかるとややこしいことになる気がしたので、木の陰《かげ》にかくれながら、ウサギ小屋に近づいていった。

「おりゃー！　おりゃおりゃおりゃー！」と声をあげて、マコちゃんがウサギ小屋の中を竹ボウキでかきまわしはじめた。全部で七匹《ひき》いるウサギたちは、迷惑《めいわく》そうにぴたんぴたんとはねて、マコちゃんから離《はな》れようとしている。

「田沢《たざわ》！　そっち、もっと掃《は》けって！」

「えっ？　そっちって、こっち？」

田沢《たざわ》くんは、丸顔の真ん中に、肉まんみたいに目と鼻と口を寄《よ》せると、ウサギ小屋のすみをガサガサと掃《は》いた。

「そっちじゃないって。こっちだよ、こっち！　あーもーいいや！　サーイークーローン……アタァァァァァック！！」

マコちゃんの竹ボウキがぶるんと振《ふ》られ、レーズンチョコみたいなウサギのフンがまき散《ち》らされる。

ちなみにマコちゃんは、この「サイクロン」というフレーズが気に入っている。ドッジボールで相手をしとめるときや、跳《と》び箱《ばこ》十段《だん》をとぶときなど、ここぞという場面で叫《さけ》んでいる。必殺技《ひっさつわざ》っぽくて気合が入るというのだ。

「うわあ！」

田沢《たざわ》くんが着ている白いパーカーに、ウサギのフンがぽことぶつかって落ちた。

「よっしゃ終わりー！　行くぞー！」

パーカーにフンの跡《あと》がついていないかをチェックする田沢《たざわ》くんをよそに、マコちゃんは手元でぐるぐると竹ボウキを回してから壁《かべ》に立てかけ、するんと小屋を出た。

田沢《たざわ》くんは、のろのろとウサギ小屋から出てくると、乱暴《らんぼう》に扉《とびら》を閉《し》めた。そのひょうしに、立てかけてあった竹ボウキがバタッと倒《たお》れ、白くて大きなウサギの頭に当たった。

「あっ！」

思わず声をあげたぼくにも、不運《ふうん》なウサギにも気づかず、二人は行ってしまった。急いで小屋にかけよると、ウサギは頭にほうきの柄《え》をのせたまま、口をもぐもぐさせている。よかった。なんともないようだ。

ほうきの柄《え》の向こうから、赤い目がじとっとぼくを見つめていた。ウサギの目って不思議《ふしぎ》だ。どこを見ているのか？　何を考えているのか？　見れば見るほどわからなくなる。

「ぼ、ぼくじゃないよ。ぼくは今来たんだから」

このウサギの名前はピースケ。ぼくを見つめる目には妙《みょう》な迫力《はくりょく》がある。

それもそのはず、このピースケと、もう一匹《ぴき》のモンタというウサギは、ぼくたちが小学校に入学する前からいる、ヌシのようなウサギなんだ。

今どきウサギを飼《か》っている小学校はめずらしいらしい。二匹《ひき》が死んだら、ウサギの飼育《しいく》はやめようという話もあったらしいけど、ピースケとモンタは長寿記録《ちょうじゅきろく》を日々更新《こうしん》しつづけている。そのほかに、茶色くて耳の短い種類《しゅるい》のウサギが五匹《ひき》。どうせ飼《か》っているのなら、と他校から引き取ることになったと聞いた。

「今のは、マコちゃんと田沢《たざわ》くんだからね。わかってる？　あの二人が今度のウサギ係。ねえ、わかってるよね？」

ピースケは、ぼくの話なんてどうでもいいようだ。そっぽを向いて、ぴたんと一歩横にずれた。ほうきの柄《え》が頭からずり落ちる。

転がったままのほうきを直したくて、うずうずしていると、……あれ？

ぼくは、妙《みょう》なことに気がついた。

汚《よご》れていないのだ。さっきマコちゃんがまき散《ち》らしたと思われるフンが、ところどころに落ちているけど、それだけだ。

ウサギ小屋って、もっと汚《きたな》かった気がする。ウサギたちはかわいいけど、そこらじゅうにフンが転がっていて、中に入って世話をするのはいやだと思っていた。ぼくが潔癖症《けっぺきしょう》だからというのもあるけれど、それは、おそらく生徒みんなに共通《きょうつう》している気持ちだと思う。だから、毎年、五年生のひとクラスが受けもつことになるウサギ係は、ババ抜《ぬ》きのババみたいなあつかいを受けていた。歌岡《うたおか》先生が新任《しんにん》だから、うちのクラスに押《お》しつけられたのだろうと、ぼくはにらんでいる。

ぼくは、あらためてウサギ小屋の中を見つめた。やっぱりフンがたまっている様子はない。あんないいかげんな掃除《そうじ》でこうなるわけがない。

別《べつ》のだれかが掃除《そうじ》しているんだ。ぼくはうつむき、探偵《たんてい》のようにアゴをなでた。一瞬《いっしゅん》、凪《なぎ》の顔が思《おも》い浮《う》かんだけど、そんなわけがないと首を振《ふ》った。マコちゃんの机《つくえ》を指さしたときの、あのビミョーな指の曲がり具合、あのしかめっ面《つら》、それらは、凪《なぎ》がまぎれもなく、ぼくと同じく潔癖症《けっぺきしょう》であることを物語っていた。それなら、歌岡《うたおか》先生だろうか？　それとも用務《ようむ》員《いん》のおじさん？

考えこんでいると、「育人《いくと》！」いきなりうしろから声をかけられた。

「おわあ！」

振《ふ》りかえると、さとるだった。さとるは声の加減《かげん》がわからない。人を呼《よ》ぶときに、いきなり耳元で大声を出したりする。

「うしろから急に大声で呼《よ》ぶなよな！」

びっくりしてしまったのがしゃくにさわって、声がとげとげしくなってしまう。

「ぼく、大声出してない」

「そ、そうなの」

「うん」

自信満々《じしんまんまん》の顔で胸《むね》をそらせるさとるに、ぼくは言いかえすことができなかった。

「……ま、まあいいや。で、さとる。おまえ、こんなところで何してんだよ？　帰りの会が終わったら、すみやかに下校しなきゃいけないんだぞ」

さとるは小首をかしげて、不思議《ふしぎ》そうにぼくを見た。

「育人《いくと》は？　育人《いくと》は何やってるの？」

「何って、見ればわかるだろ。ウサギ見てたんだよ」

つい答えてしまった。ぼくの質問《しつもん》はどこへ行ったんだ。

さとるは、こぼれ落ちそうな目で、まじまじとぼくを見つめてきた。

「ふうん」

「な、なんだよ」

「かわいいよね」

「えっ」

「みんな、かわいいよね」

扉《とびら》をそっと開けて、さとるはウサギ小屋の中にすべりこんだ。

「勝手《かって》に入っちゃいけないんだぞ」

「だいじょうぶ」

さとるは、転がっていた竹ボウキをひろうと、ウサギ小屋の中を掃《は》きはじめた。ウサギたちは、はねまわらない。耳を寝《ね》かせて、目を細め、それぞれの場所でゆったりしている。

「ごめんね。ここ、きれいにするね」

そんなウサギたちに声をかけながら、さとるは小屋のすみからすみまで、ていねいに掃《は》いていく。穴《あな》ぼこに入りこんだフンは、信《しん》じられないことに指でほじくりだしていた。

ちょっとしたフンの山ができた。それをちりとりで集めてバケツに入れると、さとるは、壁《かべ》にかかっているブラシを取り、白いウサギの横にしゃがみこんだ。

「モンタ、ちょっといい?」手をおなかの下に入れる。そっと持ちあげたお尻《しり》にはフンがこびりついていた。

「うえ」

思わず出した声が、自分でも本当にいやそうに聞こえた。さとるは、ためらう様子もなく、モンタのお尻《しり》をブラッシングしはじめた。ひとかきごとに、こびりついたフンがこそげ落ちていく。

さとるはモンタのお尻《しり》に顔を近づけて、のぞきこみ、「うん」とうなずいた。水飲みとバケツを持って、ウサギ小屋から出てきた。

「こっち、やって」

目の前に突《つ》きだされた水飲みには、ふやけてグニュグニュになったフンが入っている。

思わずのけぞったけど、なぜか断《ことわ》ることができず、ぼくは受けとった。

「洗《あら》って、きれいな水、入れてきて」

そう言うと、さとるはバケツを胸《むね》の前で抱《かか》えて、あっという間に走りさってしまった。たぶん裏庭《うらにわ》のゴミステーションへ行ったのだろう。小屋の中では、ブラッシングを終えたモン

夕は丸いお尻《しり》をぷるんと振《ふ》って、ぴたんぴたんとはねまわっている。
しぶしぶ水飲み場に向かう途中《とちゅう》で、ぼくはようやく思い出した。
そうだ。ぼくはさとるに文句《もんく》を言いに、ここに来たんだった。

3　宿題は自分でやらないと

もどってきたさとるは、なぜか上機嫌《じょうきげん》だった。

文句《もんく》を言うタイミングをうかがっているうちに「育人《いくと》、帰ろ」と手を引っぱられたので、仕方なくいっしょに帰ることにした。

裏門《うらもん》を出たところで、うしろからダカダカと追いかけてくる音が聞こえた。

「おーい、さとるう！　育人《いくと》お！」

振《ふ》りむくと、やっぱりマコちゃんだった。ついさっき田沢《たざわ》くんといっしょに帰ったはずなのに、なんでこんなところにいるんだろう。

あっという間に、マコちゃんはぼくたちに追いついた。

うれしそうに目を輝《かがや》かせるさとるの肩《かた》に右腕《みぎうで》を回し、ぼくの肩《かた》にも左腕《ひだりうで》を回してくる。

「いっしょに帰ろうぜ！」

アスファルトには、ぼくたちの影《かげ》が落ちている。三つ並《なら》んだ真ん中が少しだけ低《ひく》い、凹みたいな形になった影《かげ》を見て、ぼくは複雑《ふくざつ》な気分だった。こんなふうに三人で帰るのは久《ひさ》しぶりだ。

ぼくたち三人は、幼稚園《ようちえん》のころからの幼《おさな》なじみだ。家も近かったから、よくこうして並《なら》んで歩いた。学校の登下校はもちろん、近所の公園や、三人のうちのだれかの家に遊びに行くときも、こうやって三人で顔をくっつけあうように歩いた。そうしながら、ぼくたちは裏山《うらやま》の探検計画《たんけんけいかく》や、秘密基地《ひみつきち》の建設方針《けんせつほうしん》なんかを話しあったんだ。

小三のとき、マコちゃんが下町のほうへ、さとるが駅前のマンションへと引《ひ》っ越《こ》してしまい、ぼくたちの関係《かんけい》は変《か》わった。

いっしょに帰らなくなり、遊ばなくなった。

帰り道が別々《べつべつ》になってしまったことはきっかけに過《す》ぎない。ぼくが、マコちゃんとさとるから距離《きょり》を置《お》くようにしたのだ。そのころから、マコちゃんは急に乱暴《らんぼう》になったし、さとるの話し方や行動が、ぼくは気になるようになった。

一人になってみると、それはそれで気楽だった。マコちゃんの機嫌《きげん》を気にしなくていいし、さとると仲《なか》のいい友だちだと見られることもなくなった。

マコちゃんが、肩《かた》に回した腕《うで》を、ぐいっと引《ひ》き寄《よ》せてくる。

「なあ、聞いてくれよ」

背《せ》の低《ひく》いマコちゃんにそうされると、どうしても、ぼくもさとるも前かがみになる。ないしょ話をするような、ちょっとした秘密《ひみつ》の空間ができると、マコちゃんは片方《かたほう》のまゆ毛だけを上げて言った。

「あいつ、うそばっかつくんだぜ」

「田沢《たざわ》くんのこと？」

すぐさま反応《はんのう》したぼくに目でうなずいて、マコちゃんは続《つづ》けた。

「今日、田沢《たざわ》んちに遊びに行くって約束《やくそく》してたのに、やっぱダメだって言うんだ」

「そうなの？　でもそれは、うそっていうか……」

「五回目だぞ。初《はじ》めっから、おれを家に呼《よ》ぶ気なんてねえんだ、あいつ」

田沢《たざわ》くんの家はお金持ちだ。

お父さんは有名なデザイナーで、たまにテレビに出てたりもする。

海の見える高台にある、大きくておしゃれな家の中がどんな様子なのか、ぼくだって気になる。でも、家を見せてくれなんて、こっちから頼《たの》むのは気が引けるし、なんだか田沢《たざわ》くんは、とっつきにくい感じなんだ。マコちゃんでなきゃ、そんなに気軽に、というか図々《ずうずう》しく、田沢《たざわ》くんには頼《たの》めないと思う。

「田沢《たざわ》のやつ、わけわかんないことばっか言うわけよ。急にだいじなお客さんが家に来ることになったとか、テレビ局の取材《しゅざい》が入ったとか。そんなのおれたちに関係《かんけい》ないだろ？　だから、あいつのバッグ、サイクロンハンマーの刑《けい》にしてやった」

「え、あの高そうなバッグ投げちゃったの？　そんなことしてだいじょうぶ？」

田沢《たざわ》くんはランドセルを使っていない。真っ白でピカピカのショルダーバッグは、長いストラップと本体のつなぎ目がなくて、すごくかっこいい。田沢《たざわ》くんのお父さんのブランドが、どこかとコラボして作った限定品《げんていひん》だと、だれかが言っていた。

「だいじょうぶ、だいじょうぶ。あんなの自慢《じまん》げに学校に持ってくるほうが悪いんだ。あー、むかついてきた。もうこの話、終わり！」

自分で言いだした話を一方的《いっぽうてき》に打ち切ると、マコちゃんは、ぼくたちの肩《かた》から腕《うで》を外し、すたすたと歩きだした。

十字路が見えてきた。ぼくは左ののぼり坂へ、マコちゃんは右の川沿《かわぞ》いの道へ、さとるはまっすぐ続《つづ》く一番太い道へと別《わか》れる。

けれどもマコちゃんは、何も言わずに、その手前の細い路地へ入っていった。さとるは当《とう》然《ぜん》のようについて行ったから、ぼくもついて行くことにした。

だまって帰ることもできたけど、そんなことしたら、めんどうくさいことになる。マコちゃんに「きのう、なんで帰ったんだよ？」と聞かれたら、どう答えたらいいかわからない。

家と家の間を縫《ぬ》うように走る路地は、昔の水路跡《すいろあと》だ。めちゃくちゃ細いうえに、ところどころに庭木やエアコンの室外機《しつがいき》なんかが置《お》かれていて、並《なら》んで歩くことはできない。軽《かろ》やかにステップを踏《ふ》み、障害物《しょうがいぶつ》をよけながら進んでいくマコちゃんを先頭にして、次にさとるが、最後《さいご》にぼくが続《つづ》く。歩いているうちに思い出したのは、小学校に入って一週間も経《た》たないころ、初《はじ》めてこの路地を探検《たんけん》したときのことだ。あのときはマコちゃんを先頭に、次にぼく、最後《さいご》にさとるの順番《じゅんばん》だった。

ちらりと振《ふ》りむき、ぼくたちがついてきていることを確認《かくにん》すると、マコちゃんは勢《いきお》いよく路地から飛《と》びだした。「おっしゃー、ワープ完了《かんりょう》。行くぞ！」細くて曲がりくねった旧道《きゅうどう》を、ぼくたちは競《きそ》いあうように早足で歩く。もう行き先はわかっていた。大きく曲がった道の先に石積《いしづ》みの階段《かいだん》が見えると、「サーイークーローン……ダッシュ！」マコちゃんが勢《いきお》いよく走りだした。「あっ、待って」すかさず、さとるも続《つづ》く。

こんな競争《きょうそう》、子どもっぽいとは思ったけど、負けるのはいやだった。ぼくも二人を追って、すぐにかけだした。

鳥居《とりい》をくぐり、階段《かいだん》を二段飛《にだんと》ばしでかけあがる。三段飛《さんだんと》ばしにギアを上げたマコちゃんの背中《せなか》が徐々《じょじょ》に遠ざかり、さっき抜《ぬ》いたはずのさとるの息づかいが、すぐうしろにせまってくる。くそっ、負けるか。

三段飛《さんだんと》ばしにしようと、足を持ちあげた瞬間《しゅんかん》、爪先《つまさき》がわずかに階段《かいだん》に引っかかった。

○

階段《かいだん》の頂上《ちょうじょう》は、ちょっとした広場になっていて、その奥《おく》に小さな神社がある。

マコちゃんに続《つづ》いて、ぼくとさとるもへこへこっとお辞儀《じぎ》をした。転んで、まだ痛《いた》い足を引きずりながら、ぼくはそばのベンチに腰《こし》かけた。

ここは、ぼくたちの町を見わたすことができる場所だ。階段上《かいだんうえ》の上社《かみしゃ》と対《つい》になった下社《しもしゃ》に、その前にある大王松《だいおうしょう》。道路に張《は》りついた商店街《しょうてんがい》。ごちゃごちゃと重なりあう屋根の向こうには海が光っている。高瀬《たかせ》小学校の屋根は防水改修《ぼうすいかいしゅう》を終えたばかりで、ひときわ強く太陽の光を反射《はんしゃ》していた。

「だいじょうぶ？　育人《いくと》」

すりむいたひざこぞうに息を吹《ふ》きかけていると、さとるが心配そうにのぞきこんできた。

「別《べつ》にだいじょうぶだけど」ぼくはぶすっとして答えた。

転んだせいで、ぼくはびりっけつになってしまったのだ。

「そんなの唾《つば》つけときゃ治《なお》んだろ」

思わずケガしたところを両手でガードした。そんなぼくを、マコちゃんは鼻で笑《わら》った。

「育人《いくと》の問題は、必殺技《ひっさつわざ》がないってことだな。おれのサイクロンみたいな」

マコちゃんは、役に立ちそうもないアドバイスすると、ボロボロでペッタンコのランドセルから算数のワークを取りだして、さとるに渡《わた》した。

「ほら、今日のぶん」

「うん」

それを受けとったさとるは、地べたに座《すわ》りこんだ。ベンチを机《つくえ》がわりにして、マコちゃんのワークと、自分のランドセルから取りだしたワークを並《なら》べて開く。

マコちゃんのワークには、計算式の答えがもう書いてある。いつやったんだろう？

「それって、今日の宿題だよね？」

「うん。やらないと、みんなといっしょにいられないもん」

ぼくのほうを見もせずに言うと、さとるは、マコちゃんの答えを自分のワークに書き写しはじめた。

「ああっ！」

「なんだよ、うるさいな」

マコちゃんににらまれたぼくは、ちょっとひるんで、それでも言った。

「宿題は自分でやらないと」

「写させてやってるおれがいいって言ってんだから、いいんだよ」

「そういう問題じゃないよ」

「じゃあ、どういう問題なんだよ？」

「本人のためにならないっていうか……」

「本人のため？」

マコちゃんは、ため息をついた。

「育人《いくと》って、マジでなんにもわかってないのな」

「え？　どういうこと？」

今、ぼくはまちがったことを言ったのだろうか？

「わかんねーならいい。ただ、このことはだれにも言うな」

めずらしく真剣《しんけん》な顔のマコちゃんを見て、ぼくは口をつぐんだ。

でも、さとるが書き写しているマコちゃんのワークを見ていたら、どうしてもがまんできなくなった。

「それってさ、通分《つうぶん》するんじゃないの?」

ぼくが指さしたのは〈問七〉の分数問題のところだった。7分の5足す6分の1。今日授《じゅ》業《ぎょう》でやったことの確認問題《かくにんもんだい》だ。

「分母をそろえてから、分子を足し算しないと」

「は?」

「だからー、7と6の最小公倍数《さいしょうこうばいすう》は42、これを分母にするでしょ。分子はろくごさんじゅうで、42分の30。なないちがななで、42分の7。それで分子どうしを足すんだ。13分の6じゃなくて、42分の37が〈問七〉の答えだよ」

「やばいぞ、育人《いくと》。おまえって、そこそこ頭いいと思ってたけど、だいじょうぶか?」

どうやらマコちゃんは、本気でぼくのことを心配しているようだ。

「いやいやいや。ぼくはだいじょうぶだから。42分の37で合ってるから。ほら、さとる、ここ書き直さないと。あ、〈問八〉も〈問九〉もだ。ねえ、マコちゃん、これじゃあ通分《つうぶん》の問題、全滅《ぜんめつ》だよ」

「何、わけわかんないこと言ってんだ。直さなくていいからな、さとる」

「うん」

ぼくの言うことなんて少しも気にすることなく、さとるは夢中《むちゅう》でワークへ書き写しつづけている。

「だいたい、足し算なのに、なんでかけ算が出てくんだよ。おかしいだろ」

「そ、それは、そう決まってるからだよ」

「ほらみろ、ちゃんと説明《せつめい》できないじゃんか。怪《あや》しい。怪《あや》しいぞ。なあ、さとる、おれと育《いく》人《と》の答え、どっちが合ってると思う？」

「どっちでもいい」

「よくないっ！」

マコちゃんを説得《せっとく》するのにたっぷり十分はかかった。二分の一のリンゴを二つ足したら一個《こ》になると説明《せつめい》し、ようやくマコちゃんは納得《なっとく》した。

さとるのワークを直すのにも、同じくらいの時間がかかった。

さとるが書く文字には、ところどころに、ぐねぐねした矢印《やじるし》とか、太陽みたいな意味不明《いみふめい》な記号が入っていた。それだけじゃない。空いている場所は、アメーバみたいな模様《もよう》で、びっしりと埋《う》めつくされている。これじゃあ結局《けっきょく》、何を書いているのかわからないじゃないか。

「さとる、ちょっと貸《か》してよ」

ぼくは、さとるからワークを取りあげて、消しゴムで不思議《ふしぎ》な模様《もよう》をていねいに消し、正しい答えを書きこんだ。

やっとのことで完成《かんせい》したワークをぼくから受けとると、さとるはそれをふくれっつらでながめて言った。

「全然《ぜんぜん》おもしろくない」

「おもしろさとか関係《かんけい》ないから」

「そんなことないだろ」

マコちゃんは、さとるからワークを取りあげると、前のページをめくってみせた。

広げたワークに、ぼくがたった今消したのと同じ図形や模様《もよう》があらわれた。

前のページも、その前のページもそんな感じで、しかも驚《おどろ》いたことに、それには、歌岡《うたおか》先生の花まるがついていた。

「な？　おもしれーだろ」

マコちゃんは、うれしそうに花まるを空にかかげた。

4 アリノイエ

ぼくは〈神の手〉を持っていると言われている。

ドッジボールの話だ。

体育の時間や昼休み、校庭のヒーローは圧倒的《あっとうてき》にマコちゃんだった。鉄棒《てつぼう》、かけっこ、バスケットボールにサッカー、何をやってもだれもかなわない。そんなマコちゃんに、唯一対《ゆいいったい》抗《こう》できるのが、何を隠《かく》そうドッジボールをやっているときのぼくなのだ。

どんなスピードボールでもキャッチしてしまうぼくの手を、みんなは驚《おどろ》きと尊敬《そんけい》の念《ねん》を込《こ》めて〈神の手〉と呼《よ》ぶ。でも、その呼《よ》び名《な》は事実とは少しちがう。ぼくが持っているのは神の手じゃなくて〈神の目〉。集中したときのぼくには、飛《と》んでくるボールがスローモーションで見えるのだ。

ぼくは、ただの一度もドッジボールで当てられたことがなかった。

○

「サーイークーローン……」

マコちゃんがくちびるを限界《げんかい》までとがらせる。「アタック！」のかけ声と同時に、振《ふ》りかぶっていた腕《うで》を振《ふ》りおろした。むだのないフォームだ。体重の乗った、きれいな回転のボールが、ぼくのひざ元に向かって、まっすぐ飛《と》んでくる。よけにくく、キャッチしにくいコース。さすがはマコちゃん、コントロールもいい。

だけど、神の目を持つぼくには、飛《と》んでくるボールのつぶつぶまでよく見えた。

飛んでくるボールは時間のカケラだ。

ぼくは腰《こし》を落として、マコちゃんのサイクロンアタックを、なんなく受けとめた。

「ちくしょー！」

くやしそうなマコちゃんを見ると、胸《むね》の奥《おく》がじわりと熱《あつ》くなる。

校舎《こうしゃ》の四階にある五年二組の教室の窓《まど》から、カーテンがひらひらと外になびいていた。クリーム色のカーテンが白く見えたのは、凪《なぎ》がカーテンの横に立っていたからだ。

いつもなら外野にパスすることが多いのだけれど、こんなチャンスを逃《のが》すわけにはいかない。このぼくが、あのマコちゃんを倒《たお》す。その瞬間《しゅんかん》を、凪《なぎ》に見てもらいたかった。

手に吸《す》いつくようなボールの感触《かんしょく》をたしかめながら、ぼくはセンターラインに向かってダッシュする。いつもとはちがう気配を感じたのか、マコちゃんはバックステップを踏《ふ》みながら、ぼくから目を離《はな》さない。「来るなら来い！」という顔つきだ。

胸《むね》やお腹《なか》のあたりはキャッチしやすい。肩口《かたぐち》はキャッチしにくいけれども、体をひねってよけやすい。上半身はダメだ。かと言って、足元をねらっても、身の軽いマコちゃんのことだ、ジャンプして軽々とよけるだろう。取れそうで取れない、しかも、よけにくいところをねらうんだ。

リズムよくステップを切り、腰《こし》をためて半身になる。投球モーションに入ったとき、マコちゃんが右足へとわずかに重心を移《うつ》したのがわかった。

思いきり踏《ふ》みだしたぼくの左足が、地面を強くかむ。同時に、ためにためた腰《こし》を回転させると、しなった腕《うで》がギュンと風を切り、ぼくの指先からボールが離《はな》れた。最高《さいこう》の感触《かんしょく》。マコちゃんの右ひざへ伸《の》びるボールの軌道《きどう》が完璧《かんぺき》にイメージできた。

その軌道《きどう》に、いきなりさとるが割《わ》りこんできた。

あぶない！

心の中で叫《さけ》んだ次の瞬間《しゅんかん》、目の前が暗くなって顔面に衝撃《しょうげき》が走った。

「ぶっ！」「べっ！」

重なったうめき声は、さとるとぼく自身のものだ。

グラグラする頭で、すでにぼくは何が起こったのかを理解《りかい》していた。ぼくの投げたボールがさとるの顔面に当たって、はねかえり、さらにぼくの顔面に当たったのだ。

目を開けると、ボールが空高く舞《ま》いあがっていた。

落ちてきたボールは、奇跡的《きせきてき》にさとるの腕《うで》の中にぽすんとおさまった。さとるは何が起こったかわからないようだ。ボールを持ったまま、きょとんとしている。

「いけー！　さとるー！　育人《いくと》に当てろー！」

マコちゃんの叫《さけ》び声《ごえ》に、さとるは振《ふ》りかぶることなく、いきなりぼくに向かってボールを投げた。いや、押《お》し出《だ》した。手首のスナップなんか全然効《ぜんぜんき》いてない、砲丸投《ほうがんな》げのような投げ方にもかかわらず、ボールは結構《けっこう》速かった。

目の前から放たれたボールが、せまってくる。ぼくの神の目は、メーカーのロゴまではっきりとらえていたけど、体が追いつかなかった。

ボールは、ぼくの左ひざに命中し、そのまま相手コートに転がっていく。それをマコちゃんがひろいあげた。

「やったー！　ついにやったぞ！　ついに育人《いくと》をやっつけた！」

小躍《こおど》りしながら、さとるにかけより、背中《せなか》をべちべちたたく。

「すげえぞ、さとる！」

そう言われたさとるは、うれしそうに笑《わら》い、赤くなった左のこめかみをかいている。

なんてことだ。

マコちゃんを倒《たお》すどころじゃない。ぼく……超《ちょう》かっこ悪いじゃないか。凪《なぎ》の見ている前で、最悪《さいあく》の姿《すがた》をさらしてしまった。

自分の投げたボールを自分の顔面で受ける。それだけでも屈辱的《くつじょくてき》なのに、さらに当てられてしまった。よりによって、さとるにだ。

凪《なぎ》は今、どんな顔をしているのだろうか？　ぼくは、校舎《こうしゃ》を見あげることができなかった。

「当てられたやつは、さっさと出ろよな」

マコちゃんのアウト宣告《せんこく》は無情《むじょう》だった。

ふらつきながら外野に出ようとすると、だれかが「ターイム、ターイム！」と叫《さけ》んだ。はちきれそうな黄色いTシャツに、ぴちぴちの半ズボン。真っ黒に日焼《ひや》けした太い腕《うで》を交《こう》差《さ》させながら、ブーがマコちゃんの前に進みでた。

「なんだよ、ブー。昼ドッジでタイムなんかつかうなよな」

「まあ聞けって、まこと。まずよー、育人《いくと》が投げたボールが、さとるに当たっただろ。はねかえったボールを、さとるか、おまえらチームのだれかがノーバンでキャッチしたら、さとるはセーフ。これはいいよな」

ボールがたどった経路《けいろ》をなぞるように動いていくブーの指を、みんなの目が追った。

「でもよー、さとるに当たったボールは、おれらチームの育人《いくと》に当たったわけだろ？　そんでまた、そのはねかえったボールをさとるがキャッチした。全部ノーバンで。これっていいっいどうなるんだ？」

　ブーは、人差《ひとさ》し指《ゆび》を宙《ちゅう》に浮《う》かせたまま、首をひねった。

「うーん」マコちゃんも考えこんだ。

　すぐに言いかえさないのは、ブーが勝ちたいから言っているわけじゃないってことが、わかっているからだ。ブーはフェアな男なのだ。

　だまりこんで、まゆ毛をうにうに動かしつづけるマコちゃんを見て、みんな口々に自分の意見を言いはじめた。

「ぶつけられたボールがノーバンで相手チームに取られたらアウトだろ？　だったら、育人《いくと》に当たった時点で、さとるはアウトなんじゃね？」

「そうなると、そのあと、さとるに当てられた育人《いくと》はセーフだよな、やっぱり」

「ちがうよ。さとるはセーフだって。育人《いくと》はちゃんとキャッチしたわけじゃないじゃんか。ボールは結局《けっきょく》、さとるがキャッチしたわけだし」

「そうだよな、おれもそう思う。さとるはセーフで、育人《いくと》がアウトだ」

　ぼくはもう、どうでもよかった。早く外野に出たい、それだけだった。

「育人《いくと》はどう思うんだよ?」

マコちゃんに声をかけられたとき、ぼくはじりじりと外野に移動《いどう》しつつあった。

「え?」

「ちゃんとしたルールは、あとで先生に聞けばいい。休み時間がもったいないから、今は当てられたやつに決めさせてやる。なあブー、それでいいだろ?」

ブーは、小さい目をしばたかせて、ぼくとさとるを交互《こうご》に見た。そして、重々しくうなずいた。「それでいい」

ぼくの答えは決まっていた。あんなかっこ悪い姿《すがた》を見せておいて、「ぼくはセーフだ」なんて絶対《ぜったい》に言えない。でも、自分で自分をアウトだって言うのもおかしい気がした。

「なんだよ育人《いくと》? さっさと言えよ。セーフでもいいんだぞ」

マコちゃんが不思議《ふしぎ》そうに言った。

まずい。早く言うんだ。「あー、やられたー!」って言って、へらへら笑《わら》うんだ。長引けば長引くほど、みんなに変《へん》に思われてしまう。

それなのに、ぼくは何も言えず、突《つ》ったったままだった。

みんながざわつきはじめたところで、さとるが一歩前に出た。胸《むね》を張《は》って、ゆっくりとみんなを見まわす。

「育人《いくと》、アウト。ぼく、当てたもん」

「……」

解放《かいほう》されたぼくは、何も言わずに外野に出た。

○

「あぶねっ！」

マコちゃんのサイクロンアタックを、ブーがギリギリでよけた。その真うしろにいた、マコちゃんチームの外野の田沢《たざわ》くんもあわててよけた。

「ちくしょー！　田沢《たざわ》、なんで、おまえまでよけてんだよ。早く取ってこいよ！」

田沢《たざわ》くんはいやな顔をしたけど、文句《もんく》は言わなかった。校舎《こうしゃ》のほうに転がっていくボールに向かって、のろのろと走っていく。

マコちゃんチームの内野には、マコちゃんを含《ふく》めて四人。ブーチームの内野にはブーとも一人しか残《のこ》っていない。

ぼくが外野に出てからは、このゲームもずいぶん一方的《いっぽうてき》になってしまった。マコちゃんのサイクロンアタックに、ブーチームはなすすべがない。

——外野ってひまなんだな。

つぶやいて、校舎《こうしゃ》を見た。五年二組の窓《まど》は閉《し》められている。さっきから何度確認《かくにん》しても、そこに凪《なぎ》の姿《すがた》はなかった。

ボコ。

ぼくらブーチームのやつが、横目を使った田沢《たざわ》くんに当てられた。横目というのは、顔の向きとは別《べつ》の方向に、ボールを投げる技《わざ》だ。投げられたほうは、まさか自分にボールが飛《と》んでくるとは思わないから、ここぞというときに使えば、かなりの確率《かくりつ》で相手をしとめることができる。そして、田沢《たざわ》くんは横目が得意《とくい》だった。

残《のこ》り一人になったブーは「かーんにんぶくろのおーがきれたー!」と言いながら、ひろいあげたボールをぶん投げた。

ぼくのはるか上を、ものすごい勢《いきお》いで真《ま》っ赤《か》なボールが飛《と》んでいく。ブーの「カンニンブクロアタック」は、コントロールが課題《かだい》なのだ。

「あーあ」マコちゃんが言った。

「馬鹿力《ばかぢから》もいいかげんにしろよな。昼休み終わっちゃうじゃんか。育人《いくと》！ 早く取ってこいよ！ ……って、はやっ！」

ぼくはすでに猛《もう》ダッシュしていた。めんどうなことはきらいだ。そりゃあ、校庭のすみっこにある花壇《かだん》の中に入ってしまったボールを取りにいくことはめんどうだけど、ごねたり、いやな顔をして「あいつはめんどうなやつだ」と思われることのほうが、よっぽどめんどうだ。

けれども、それはむだに終わった。花壇《かだん》に到着《とうちゃく》すると同時に、チャイムが鳴ったのだ。

「あーあ。終わっちまった。つまんねーのー。判定《はんてい》でおれたちの勝ちなー」

湿《しめ》った風に乗って届《とど》いたマコちゃんの声が、やけに近く聞こえた。

いつの間にか、校舎《こうしゃ》の向こうに黒い雲がわきあがっている。じきに降《ふ》ってきそうだ。早くもどらないと。

花壇《かだん》に入ってボールをひろおうとすると、ぎっしりと咲《さ》いたニチニチソウの間から、黄色いものがのぞいているのに気づいた。プラスチックのバケツがひっくりかえっている。

「使ったら、ちゃんと片付《かたづ》けとけよな。まったく」

ぼくは、ぶつぶつ言いながら、バケツに手を伸《の》ばした。バケツを置《お》く場所は、水飲み場の脇《わき》のカゴの中と決まっているのだ。

「待ってえ！」

近づいてくる大声に振《ふ》りかえると、さとるだった。

「待って、待って」

そう言いながら、さとるは、ぼくの手をつかんで引っぱった。

「な、なんなんだよ？　何を待つんだよ？」

ぼくが花壇《かだん》から出ると、今度はさとるが花壇《かだん》に入った。ニチニチソウを踏《ふ》まないように、慎重《しんちょう》に足を進め、赤いボールをそっとひろいあげた。

「行こ」さとるはそう言うと、またぼくの手をつかんで、校舎《こうしゃ》のほうへともどろうとする。

「ち、ちょっと待ってよ、さとる。その黄色いバケツも片付《かたづ》けなきゃ」

ところが、さとるは下くちびるを突《つ》きだして、首を横に振《ふ》った。

「ダメ」

「ダメってなんだよ。さとるだって整理整頓係《せいりせいとんがかり》じゃないか」

「ダメ！」

イラッとしたぼくは「じゃあいいよ」と言って、さとるの手を振《ふ》りはらった。花壇《かだん》に入ろうとすると、さとるはボールを放り投げ、両手を広げて、ぼくの前に立ちはだかった。

ああそうか、さとるがこだわっているのはニチニチソウなんだ。そう思ったぼくは、「花は踏《ふ》まないように気をつけるからさ」と、つけくわえた。

それでも、さとるは動かなかった。思いつめたような顔で「ダメ」しか言わない。

雨粒《あまつぶ》がぽたぽたと落ちてきた。顔を上げると、さっきまで校舎《こうしゃ》の向こうにあった黒雲《くろくも》が、ぼくたちの上を覆《おお》っていた。地面に落ちた雨粒《あまつぶ》が黒くにじんで広がっていくのを見ているうちに、さっきのかっこ悪い自分を思い出した。

さとるさえ飛《と》びだしてこなきゃ、あんなことにはならなかったんだ。

「どけよ！」

ぼくは、さとるを押《お》しのけた。よろけたさとるはニチニチソウを踏《ふ》みつけながら、バケツの上に覆《おお》いかぶさった。

ぼくを見あげたさとるの視線《しせん》が、びっくりするほど強くて、一瞬《いっしゅん》ひるんだ。

でも、どう考えてもおかしい。ぼくは自分の仕事をしようとしているだけなんだぞ。なんで、ぼくを悪者みたいな目で見るんだよ。

「なんなんだよ！　じゃますんなよ！」

大声を出すと、さっきの恥《は》ずかしさとくやしさ、たまっていた不満《ふまん》、いろんなものがせりあがってきた。

「おまえなんか、なんにもしてないくせに！」

裏《うら》がえった声で叫《さけ》んだぼくを見て、さとるは観念《かんねん》したように、ふっと目を伏《ふ》せた。バケツを見つめたまま、ぼそりとつぶやく。

「……アリノイエ」

「え？」

「ダメ。アリノイエだから」

「なんだよ、アリノイエって？」

さとるは、バケツをそおっと持ちあげた。土が少し盛《も》りあがっていて、その真ん中に一センチくらいの穴《あな》が開いている。そこを何匹《なんびき》もの真っ黒なアリがせわしなく出入りしていた。

「アリの巣《す》……あ！　アリの家？」

さとるはバケツの向きをたしかめ、慎重《しんちょう》に花壇《かだん》にもどした。バケツの縁《ふち》は何か所か小さく切りとられていて、そのうちのひとつをアリの行列がくぐっていた。

「雨が降《ふ》ったら大変《たいへん》だから」

さとるは、ぼくを見つめた。

やっとわかった。雨が巣穴《すあな》に入ってしまうと、アリがおぼれてしまう。それをバケツで防《ふせ》ごうと、さとるは考えているのだ。

「わかったよ」

花壇《かだん》はレンガで囲《かこ》まれ、すきまはコンクリートでしっかりとふさがれている。雨が大降《おおぶ》りになると、この花壇《かだん》には水がたまってしまうことを、ぼくは知っていた。雨をバケツで防《ふせ》いだとしても、それだけじゃ、なんの意味もないだろう。それに、先生かだれかがバケツを片《かた》付《づ》けてしまうかもしれない。でも、それをさとるに言おうとは思わなかった。

「バケツ、そのままでいいよ」

ぼくが言うと、さとるはようやく立ちあがった。心配そうにぼくを見つめてくる。

「育人《いくと》、こまる?」

「ああ……うん。でも、だいじょうぶ。だから、もうもどろう」

ぼくは転がっていたボールをひろいあげた。

校舎《こうしゃ》のほうを振《ふ》りかえると、歌岡《うたおか》先生が傘《かさ》を二本持って、こっちに走ってきていた。五時間目はとっくに始まっている。

「おーい。二人ともー。風邪《かぜ》ひいちゃうよー」

黄色いバケツの底《そこ》を雨粒《あまつぶ》がパタパタとたたきはじめた。

軽くて、よくひびくその音を聞きながら、ぼくたちは歌岡《うたおか》先生のほうへとかけだした。

5 モンタのお尻《しり》は白かった

ぼくが初《はじ》めて凪《なぎ》を見たのは、小学校の入学式のときだった。

校門で凪《なぎ》を見かけたぼくは、思わず立ちどまってしまった。おだやかな日差《ひざ》しの下で、金色の髪《かみ》が輝《かがや》いていた。そして、見たこともない不思議《ふしぎ》な色の瞳《ひとみ》。式では、ぼくたち新入生だけじゃなく、保護者《ほごしゃ》や先生たちも、凪《なぎ》のほうをチラチラ見ていたと思う。だけど、凪《なぎ》はみんなに見られていることなんて、なんでもないように、背筋《せすじ》を伸《の》ばして、前を向いていた。

その堂々《どうどう》とした態度《たいど》に、ますます興味《きょうみ》を引かれたぼくは、入学式のあと、家にあった「世界の色図鑑《いろずかん》」で、凪《なぎ》の瞳《ひとみ》の色と同じ色を探《さが》した。ぼくが、ターコイズブルーという言葉を知ったのはそのときだ。

あれから四年経《た》った今も、凪《なぎ》は少しも変《か》わらない。まっすぐで、強い。

ドッジボールでさとるに当てられたあとも、ぼくに対する凪《なぎ》の態度《たいど》は、何も変《か》わらなかった。たまに「さとるくんは、どう?」と聞かれるだけで、それ以外《いがい》はほとんど会話することはない。

それでも、ぼくに向けられる凪《なぎ》の目はおだやかだったし、毎週金曜日に行われる係の連絡《れんらく》会《かい》のときも、「みんなも整理《せいり》整頓係《せいとんがかり》に協力《きょうりょく》してください」と、ぼくを応援《おうえん》するような発言までしてくれる。実際《じっさい》、凪《なぎ》は本棚《ほんだな》の整理もしてくれている。ただ、凪《なぎ》の本の並《なら》べ方《かた》は、背《せ》の高さの順《じゅん》ではなく五十音順《ごじゅうおんじゅん》だから、見た目がガタガタしていて、ぼくとしてはイマイチだった。

五月になり、クラスの雰囲気《ふんいき》も落ちついてきた。

うん、そう、落ちついてきた……とは思うんだけど、気になることも出てきた。

マコちゃんが、昼休みに田沢《たざわ》くんのバッグを放り投げるようになった。毎日というわけじゃない。雨が降《ふ》って校庭に出られない日、最初《さいしょ》は教室で、次は教室前の廊下《ろうか》で、最近《さいきん》は渡《わた》り廊下《ろうか》で、長い持ち手をつかんでぐるぐる回し、ハンマー投げの要領《ようりょう》で放り投げている。

マコちゃんを始めとする五人のサイクロンハンマー組のメンバーには、田沢《たざわ》くんも入っている。ただ、容赦《ようしゃ》なく自分のバッグを放り投げている田沢《たざわ》くんは、どこかやけくそになっているように見えた。このまま梅雨《つゆ》に突入《とつにゅう》して、マコちゃんがサイクロンエネルギーを校庭に解《と》き放《はな》つことができなくなったら、田沢《たざわ》くんのバッグはすぐにボロボロになってしまうだろう。

「全然《ぜんぜん》、雨やまないな。しょうがないから、今日も渡《わた》り廊下《ろうか》な。田沢《たざわ》、早く食べちゃえよ」

不機嫌《ふきげん》そうなマコちゃんの声が聞こえると、安西《あんざい》くん、黒田《くろだ》くん、中野《なかの》くんのサイクロンハンマー組が配膳台《はいぜんだい》に器《うつわ》をもどしに行った。田沢《たざわ》くんはあわてて給食《きゅうしょく》をかきこんでいる。

そんな田沢《たざわ》くんを見るのがいやで、ぼくは逃《に》げるように教室を抜《ぬ》けだした。いったん保健《ほけん》室《しつ》に寄《よ》ってから、ウサギ小屋へ向かう。

さとるに整理整頓係《せいりせいとんがかり》をやらせようと、ウサギ小屋まで呼《よ》びに行くうちに、ぼくはウサギの世話を手伝《てつだ》わされるようになった。さとるはウサギの世話が終わるまで、ぼくの話を聞こうとしないから、しかたなくつきあっている。

しとしとと雨が降《ふ》るなか、ぼくは保健室《ほけんしつ》でもらってきたビニール手袋《てぶくろ》をはめてから、ウサギ小屋の戸に手をかけた。たたんだ傘《かさ》を壁《かべ》に立てかけ、ウサギが逃《に》げださないように中にすべりこむと、いきなり、さとるからフンの入ったバケツを目の前に突《つ》きだされた。

「これ、捨《す》ててきて」

「えーっ。またぼく？　今週ずっとなんだけど」

フンはそのままゴミ箱に捨《す》ててはいけない。専用《せんよう》のビニール袋《ぶくろ》に入れて、きっちり袋《ふくろ》の口を結《むす》ばなければならないのだ。そのとき、何かのひょうしで直接《ちょくせつ》フンにふれたりすると、しばらくは鳥肌《とりはだ》がおさまらない。あの、じとっとしてグニャッとした感触《かんしょく》。そこにはきっと、何億《なんおく》ものばい菌《きん》がうごめいているのだ。

ぼくの抗議《こうぎ》には耳を貸《か》さず、さとるは無言《むごん》で水飲みをひろいあげた。ぼくとは目を合わせず、ウサギ小屋の戸をくぐる。

「あ、ちょっと、ブラシ片付《かたづ》けろよ！」

それも無視《むし》して、さとるはさっさと水飲み場へ行ってしまった。しかも、ぼくの傘《かさ》をさして。

「なんだよ、もう！」

ぼくはひろいあげたブラシを、たたきつけるように壁《かべ》にもどした。

最近《さいきん》のさとるの態度《たいど》には、まったくもって納得《なっとく》がいかない。

神社の一件《いっけん》のあと、さとるに宿題を教えるのは、ぼくの役目になった。

「そんなに文句《もんく》ばっか言うなら、育人《いくと》が教えてやってくれよ」と、マコちゃんに押《お》しつけられてしまったのだ。

しかも、さとるはぼくの説明《せつめい》を聞かないから、結局《けっきょく》、さとるのワークは、ぼくが書きこむことになる。その間、さとるは、感謝《かんしゃ》するどころか、ぼくの答えが気に入らないみたいで、下くちびるを出しっぱなしだ。

ウサギの世話も、ぼくが手伝《てつだ》うのを当たり前だと思っている節《ふし》がある。

そもそも、ウサギ係であるマコちゃんと田沢《たざわ》くんは、何をやっているんだ。あいかわらずいいかげんな掃除《そうじ》しかしていないし、ぼくとさとるが毎日こうやって掃除《そうじ》していることには気づいてもいないようだ。

雨に濡《ぬ》れながらゴミ捨《す》て場《ば》からもどってくると、さとるはとなりの花壇《かだん》にしゃがみこんでいた。ぼくの傘《かさ》を肩《かた》に乗せて、地べたを見つめている。

アリノイエのチェックを終えたさとるは、黄色いバケツをそっと花壇《かだん》に置《お》き直《なお》した。その情熱《じょうねつ》の何分の一かでも、整理整頓係《せいりせいとんがかり》の仕事に振《ふ》りむけてほしい。

小屋に入ったぼくの足元に、モンタがぴたんぴたんと寄《よ》ってきた。新しい水を飲み終えて満足《まんぞく》したのだろうか。ぼくの足の上に乗っかって、もぐもぐと何やら口を動かしている。スニーカー越《ご》しにモンタのやわらかさと温かさを感じる。

「まあ、しょうがないか。ぼくがついていてあげないと」

ぼくがつぶやくと、モンタは真っ白なお尻《しり》をふるふると振《ふ》った。

○

そんなことがあった二日後、モンタが死んだ。モンタだけではない。ほかの茶色い五匹《ひき》も死んだ。生《い》き残《のこ》ったのは一番年寄《としよ》りのピースケ一匹《ぴき》だけだった。

ウサギたちが死んだ日は、ひさびさに雨がやみ、雲ひとつない暑い日だった。

午後には、灰色《はいいろ》の作業着を着た保健所《ほけんじょ》のおじさんが二人やってきて、ウサギ小屋から土やフンを持っていった。

その翌日《よくじつ》、帰りの会で歌岡《うたおか》先生から話があった。

「人にうつるような悪いウイルスは見つかりませんでした。みなさん安心してください」

「じゃあ、なんでウサギたちは死んじゃったんですか?」

そう言って立ちあがったのは、凪《なぎ》だった。

「衛生環境《えいせいかんきょう》が悪かったんじゃないですか。つまり、ウサギ係の掃除《そうじ》が、ちゃんとできてなかったんじゃないかと思うんです」

「はあ?」

マコちゃんが席《せき》からはねあがる。けれども凪《なぎ》は、マコちゃんのほうは見ない。前を向いたまま続《つづ》けた。

「掃除《そうじ》って言ったって、いつもふざけてばっかりだったじゃない。ただほうきを振《ふ》りまわすのなんて掃除《そうじ》じゃないから」

「何言ってんだ。おれたち、ちゃんとやってたって。なあ、田沢《たざわ》?」

マコちゃんは、田沢《たざわ》くんの方をぐるんと振《ふ》り向《む》いた。

申しわけなさそうにうつむいていた田沢《たざわ》くんは、マコちゃんににらまれて、どうしていいかわからなくなったようだ。怒《おこ》った顔をしようとしてもうまくいかない。しまいには泣《な》き笑《わら》いみたいな顔になって、あいまいにうなずいた。

凪《なぎ》は衛生環境《えいせいかんきょう》が悪かったと言うけれど、そんなことはないと思う。ぼくとさとるが、すごくきれいにウサギ小屋を掃除《そうじ》していたんだから。

けれども、この空気のなかで、それを言いだすことはできない。たとえ言ったとしても、マコちゃんたちがちゃんと掃除《そうじ》をやっていたことにはならないし、凪《なぎ》の意見にけちをつけることになる。

落ちつかない気持ちで二人を見ていると、歌岡《うたおか》先生がぱちんと手をたたいた。

「はい、そこまで。二人とも座《すわ》ってください」

マコちゃんと凪《なぎ》が座《すわ》るのを待って、歌岡《うたおか》先生はおだやかに続《つづ》けた。

「ウサギたちが死んでしまった理由はわかりませんでした。一匹《ぴき》が寿命《じゅみょう》か何かで死んでしまうと、何匹《なんびき》か続《つづ》けて死んでしまう。ウサギにはそういうこともあると、保健所《ほけんじょ》の人は言っていました。亡《な》くなったモンタは、みなさんが入学する前から、この小学校にいたわけですから、もう寿命《じゅみょう》だったのかもしれませんね」

もやっとした説明《せつめい》だったけど、それはそれで仕方のないことだ。原因《げんいん》がはっきりしたところで、死んでしまったウサギたちは帰ってこない。この話はもう終わりだ。

帰りの準備《じゅんび》を始めようとすると、ガタンと椅子《いす》を動かす音が聞こえた。見ると、凪《なぎ》が立ちあがっている。

「寿命《じゅみょう》だなんて言うなら、モンタよりもピースケのほうが年長です。それに、アンコなんて、まだ一歳《さい》だったんです」

終わってなかった。いや、また始まってしまった。

凪《なぎ》は、今度は歌岡《うたおか》先生に食ってかかった。

「理由はわからない、でいいんですか？　原因《げんいん》をはっきりさせないと、残《のこ》ったピースケだって死んじゃうかもしれないじゃないですか！」

凪《なぎ》は真剣《しんけん》だった。ちょっとやそっとじゃ引き下がりそうにない。

ぼくは今からでも、ぼくたちが掃除《そうじ》をしていたことを言ったほうがいいのだろうか？　でも、巻《ま》きこまれたら、大けがしそうだ。

ぼくが頭の中をグルグルさせている間、凪《なぎ》は耳まで赤くしてしゃべりつづけ、歌岡《うたおか》先生はそんな凪《なぎ》の話をだまって聞いていた。

「飼《か》う以上《いじょう》は、責任《せきにん》があると思います。だって、ウサギはどこにも行けないんですよ。わたし見たんです。サイクロンだかなんだか知らないけど、あんないいかげんな掃除《そうじ》をして、ウサギたちをかわいそうな目にあわせて……」

大きくなっていく凪《なぎ》の声を聞きながら、だんだんぼくは不安《ふあん》になってきた。実際《じっさい》にウサギ小屋の掃除《そうじ》をしていたのは、ぼくとさとるなわけで……。そうなると、ウサギたちが死んでしまった責任《せきにん》は、やっぱり、ぼくとさとるにあることになる。

「やっぱりウサギ係が、悪いと思います。二人は、水だってちゃんと替《か》えてませんでした」

「エ、エサはちゃんとあげてたけど……」

田沢《たざわ》くんが、ここだけは言っておかなきゃという感じで言った。

それを最後《さいご》に、だれも何も言わなくなった。

シーンとなった教室で、しばらくするとマコちゃんが口を開いた。

「で、シロゴボウ。おまえは、ウサギ係のおれと田沢《たざわ》にどうしろって言うんだよ」

いつもとはちがう、低《ひく》い、落ちついた声だった。

「あやまりなよ」

「だれに？　ウサギにかよ？」

「ウサギにもだけど、みんなにもだよ」

「……へえ」

そう言ったマコちゃんは、座《すわ》ったまま、机《つくえ》の上をじっと見ていた。そして、ほんの一瞬《いっしゅん》、笑《わら》うでもなく口の端《はし》をあげた。

「おまえさ、自分はなんにも悪くないって思ってんの？」

凪《なぎ》にとってそれは、想像《そうぞう》もしていなかった返しだったのだろう。凪《なぎ》は真《ま》っ赤《か》になってどなった。

「なんで？　悪くないに決まってる！　ウサギ係は、あなたたちなんだから！」

そう言われた田沢《たざわ》くんは真《ま》っ青《さお》になっていたけど、マコちゃんは、さらに口の端《はし》をあげた。

「ちがうね。おれたちの掃除《そうじ》がダメだって思ったなら、もっと早く言えばよかったんだ。そんなにウサギがだいじなら、おまえが掃除《そうじ》すればよかったんだ。ウサギはだれのものでもない、みんなのウサギなんだから。それなのに、ウサギが死んだことを全部おれたちのせいにするのはおかしい。あやまれって言うのもおかしい。そんなの、おまえが、ただ、自分は悪くないって思いたいだけだろ」

マコちゃんは、それを一度もつっかえずに言った。

凍《こお》りついた教室の中で、凪《なぎ》は何かを言いかえそうと息を吸《す》いこんだけれど、くちびるはふるえたままで、言葉が出てこない。

マコちゃんの言うことはもっともだった。ウサギはみんなのものだ。ウサギ係の二人に責《せき》任《にん》を押《お》しつけることはできない。もっとしっかり、掃除《そうじ》をしてやればよかった。ウサギたちのことを見てやればよかった。そうすれば、何か気づけたかもしれない。もしかしたら、ウサギたちを助けてやることもできたかもしれない。

そう思ったとき、さとるのことを忘《わす》れていたことに気づいた。

振《ふ》りかえると、さとるは静《しず》かに顔じゅうを濡《ぬ》らしていた。

涙《なみだ》と鼻水の区別《くべつ》もつかない。よだれもたらしていたかもしれない。机《つくえ》の上は濡《ぬ》れて光っていた。

「……さとる」

ぼくの声に、みんなもさとるのほうを振《ふ》りかえった。

歌岡《うたおか》先生がさとるのところへ行って、机《つくえ》の横にしゃがんだ。それから、ポケットから出したハンカチで、さとるの顔をふいた。

「……ア……アンコ」

さとるは、しぼりだすように、そう言った。

そうできたことで、つっかえていたものが外れたように、声をあげて泣《な》きだした。

泣《な》きながら「ホップ」「ピーター」「スズ」「ミミ」「モンタ」と、死んだウサギたちの名前を言った。

歌岡《うたおか》先生は何度も、さとるに鼻をかませた。ハンカチは何度も折《お》りかえされて、すぐにビタビタになった。

何も言わずに、凪《なぎ》は席《せき》に座《すわ》った。マコちゃんも、もう何も言わなかった。教室にはさとるの泣《な》き声《ごえ》だけがひびいていた。

「さとるくん、ありがとうね」

そう言った歌岡《うたおか》先生は涙声《なみだごえ》だった。

6　みんな、笑《わら》う

モンタたちが死んで一週間が経《た》った。

しつこく降《ふ》りつづいていた雨はぴたりとやんで、空にのぼった六匹《ぴき》のウサギたちを迎《むか》え入《い》れるように、今日も晴れわたっていた。

仲間《なかま》がみんないなくなり、一匹《ぴき》になったピースケの様子に変《か》わりはない。がらんとしたウサギ小屋の中で、ぴたんぴたんとはねまわり、モグモグと口を動かしつづけている。じとっとぼくを見あげるピースケの赤い目はあいかわらずだ。

全開の窓《まど》からは、気持ちのいい五月の風が吹《ふ》きこんでくる。その風に乗って、女子たちは、グループ分け真《ま》っ最中《さいちゅう》の教室をひらひらと移動《いどう》していた。

「きゃー！　ムリムリムリ！　わたしたちゼッタイ離《はな》れないから！」

だいたいが二人の、決して離《はな》れない「単位《たんい》」が、別《べつ》の単位《たんい》とくっついたり、離《はな》れたりしながら、いつの間にか大きなグループへと成長《せいちょう》していく。その楽しそうな様子を観察《かんさつ》しながら、ぼくは憂鬱《ゆううつ》な気分を味わっていた。

今年の目標《もくひょう》を標語《ひょうご》にして、ポスターを作成《さくせい》する特別授業《とくべつじゅぎょう》がある。それ自体は問題じゃない。目標《もくひょう》を立てるのはきらいじゃないし、ぼくは絵もそこそこ描《か》ける。問題はグループ分けなのだ。

歌岡《うたおか》先生は、特別授業《とくべつじゅぎょう》の説明《せつめい》をしたあと、「グループ分けの方法《ほうほう》は、みなさんで決めてください」と言った。あとを引きついだ凪《なぎ》が仕切って、結局《けっきょく》、グループ分けの方法《ほうほう》は〈好《す》きな人どうし〉ということになってしまったんだ。

なんなんだよ、〈好《す》きな人どうし〉って。そういうのって、うれしい人ばかりじゃないんだよね。

友だちもいないし、積極的《せっきょくてき》にクラスメイトに話しかけることもできない。みんなの様子をうかがっているうちに、いつもぼくはあぶれてしまうんだ。

グループ分けが始まってから五分が過《す》ぎ、教室内の空気が変《か》わってきた。

「えーっ！　なんで？　なんで入れてくれないんだよ？」

「おれ、どこに入ればいいの？」

教室を満《み》たすざわつきのなかに、とまどいや不安《ふあん》の声が混《ま》じりはじめた。

〈好《す》きな人どうし〉における、男子の戦《たたか》いはきびしい。マコちゃんやブーなど、何人かリーダーになるやつがいて、そのまわりに、そのほかの男子たちがわらわらと集まっている。そして、グループに入れるかどうかは、リーダーの一存《いちぞん》で決まる。

そんなクラスの様子を、歌岡《うたおか》先生はにこにこ笑《わら》って見ているだけだ。仲間《なかま》はずれを出さないとか、いつものメンバーにかたよらせないとか、いろいろと気にしなきゃいけないことがあるんじゃないの？

ぼくは、ため息をついて、教室を見まわした。

女子も男子も、グループからはじかれたやつが出そろったところだ。ぼくにとっては、ここからが本番。あまり者どうしでグループを作りはじめますか。

椅子《いす》から腰《こし》を浮《う》かしかけたところで、ちょんちょんと肩《かた》をたたかれた。

「ねえ」

となりの席《せき》の東條海音《とうじょうあまね》だった。単位《たんい》になれなかったかわいそうな女子だ。短めの髪の毛《かみのけ》には、まだ寝《ね》ぐせがついている。それをいじりながら言った。

「育人《いくと》っちって、絵、そこそこうまくなかった？」

――は？

海音《あまね》とは初《はじ》めて同じクラスになった。ほかのクラスメイトたちにも、名前に妙《みょう》な語尾《ごび》をつけて呼《よ》んでいるみたいだけど、その独特《どくとく》すぎる呼《よ》び方《かた》にみんな引いている。もちろんぼくもだ。だいたい、「そこそこうまくなかった？」って聞き方はないだろ。ほめてるのか、けなしてるのか、どっちなんだよ？　海音《あまね》が単位《たんい》になれない理由がわかった気がした。

「まあね。なんで？」

平らな声で答えるぼくに、海音《あまね》は驚《おどろ》くべきことを言ってきた。

「グループ組もうよ」

「おまえ女子じゃないか」

「そうだけど？」

「いやいやいや、ちょっと待ってよ」

好《す》きな人どうしっていう言葉はやっかいだ。これで、ぼくがほいほい海音《あまね》とグループを組んだら、ぼくと海音《あまね》は好《す》き合《あ》っているということになってしまうじゃないか。もちろん、そういうことをまったく気にしない鈍感《どんかん》なやつだっている。今まさに、ぼくの目の前にいる寝《ね》ぐせ女子がそうだ。

「急にそんなこと言われても、こまるっていうか……」

「急に？　こまる？　何言ってんの育人《いくと》っち？　まだグループ決まってないんでしょ？　だったら答えは一択《いったく》っしょ？」

海音《あまね》は一方的《いっぽうてき》にまくしたてると、「じゃあ待ってて！　あたし、ほか探《さが》してくるから」と、ざわつく教室に突入《とつにゅう》していった。どうやら、ぼくが了解《りょうかい》したと思っているようだ。

「ち、ちょっと、あのさ……」口を開きかけたぼくは、その先の言葉を飲みこんだ。海音《あまね》が手を振《ふ》っている先を見たからだ。

「凪《なぎ》ぴょんも、いっしょにやろうよ！」

海音《あまね》はひょいひょいと机《つくえ》をすりぬけ、凪《なぎ》のところに行った。一言ふた言話して、二人は笑《わら》いあうと、こちらへ歩いてくる。

凪《なぎ》がちらっとぼくの顔を見て、「いい？」と聞いたから、ぼくはカクカクうなずいた。

「あと一人か二人。だれかいるかなあ？」

背伸《せの》びをするように教室を見まわす海音《あまね》のうしろから、マコちゃんとさとるの声が聞こえてきた。

「入れて、入れてよお」

必死《ひっし》にアピールするさとるに、マコちゃんが両手でバッテンを突《つ》きつけている。

「ダメだって。マジダメ。さとるは、絵、ヘタクソだから、ダメ」

「マコちゃん、ぼくが描《か》いた絵、おもしろいって言った」

「おもしろいと、うまいはちがうんだよ」

そう言われたさとるは、泣《な》きそうな顔でだまった。

しょんぼりとうなだれているさとるを見て、いやな予感がした。

「さとるくん、いっしょにやろうよ！」

出た。やっぱりだ。

凪《なぎ》の声かけに、すかさずマコちゃんが反応《はんのう》する。

「おお、さとる係の育人《いくと》がいたじゃんか！　ちょうどいいや。さとるは育人《いくと》のとこに入れてもらえよ」

「ちょっと！　さとる係って言わないで！」

凪《なぎ》のことを無視《むし》して、マコちゃんはさとるの肩《かた》をつかんで、回れ右させた。

「ちょうどよくない」

下くちびるを突《つ》きだしたさとると目が合った。さとるに言ってやりたかった。気が合うなって。ぼくも同じこと思ってたって。

だまっていると、マコちゃんが、ぼくとさとるの間に割《わ》って入った。

「さとる、ぐじぐじ言うなって。ドッジボールには入れてやるからさ」

さとるの肩《かた》に腕《うで》を回し、ぼくには拝《おが》むように右手を上げた。

「頼《たの》むよ、育人《いくと》。さとるのこと、入れてやってくれよ」

ほっぺたのエクボが、きゅきゅっと深くなる。

マコちゃんはずるい。そんなふうに頼《たの》まれたら、断《ことわ》れないじゃないか。

「……うん」

ぼくはしぶしぶうなずき、さとるの下くちびるは引っこんだ。

結局《けっきょく》、ぼくたちのグループは、ぼく、凪《なぎ》、海音《あまね》、さとる、そして、なぜか最後《さいご》のほうで申しわけなさそうに「入れてくれよ」と言ってきた田沢《たざわ》くんの五人になった。

○

次の日、ポスターを作成《さくせい》する特別授業《とくべつじゅぎょう》が始まった。

机《つくえ》と椅子《いす》は教室の廊下側《ろうかがわ》に寄《よ》せて、空いたスペースに真っ白な模造紙《もぞうし》が六枚並《まいなら》べられる。そのまわりを各《かく》グループのメンバーが取りかこんで、あーでもない、こーでもないと言いあっている。

「こういうのはね、最初《さいしょ》のアタリが肝心《かんじん》なんだ」

模造紙《もぞうし》の正面に陣取《じんど》った田沢《たざわ》くんが、しゃべりだした。

「アタリっていうのは、かんたんに言えば下書きのことだよ。描《か》きたい対象物《たいしょうぶつ》の大きさや形、位置《いち》なんかを、だいたいでいいから、描《か》いておく。ここで全体の構成《こうせい》やバランスを整えておくことが、作品の出来映《できば》えを左右するんだ。最初《さいしょ》が肝心《かんじん》って言ったのは、そういうこと。どう？　わかった？」

田沢《たざわ》くんはあまり口を開けずに、早口でしゃべっていた。田沢《たざわ》くんって、本当はこんなにしゃべるやつだったんだ。薄《うす》いくちびるのすき間から、するするとむずかしい言葉が流れ出てくる。すごいんだけど、どうもひっかかる。田沢《たざわ》くんは、なんだか……

「田沢《たざわ》、なんだか、えらそうなんだけど」

海音《あまね》が、ぼくの気持ちを代弁《だいべん》した。

「構成《こうせい》とかバランスとか、めんどくさい説明《せつめい》はいいからさあ。さっさと見せなさいよ、きのう言ってたラフスケッチってやつ。ちゃんと描《か》いてきたんでしょうね？」

きのうの話しあいで、ぼくたちは、グループ目標《もくひょう》を「みんな、笑《わら》う」に決めた。

田沢《たざわ》くんは、テーマとしてはちょっと抽象的《ちゅうしょうてき》すぎるかな、なんて言っていたけど、やる気はあったようだ。時間切れになったとき、自分がみんなのイメージを取りいれた「ラフスケッチ」という下書きを描《か》いてくると言った。田沢《たざわ》くんは絵を習っていて、市の絵画コンクールなどで賞《しょう》をとっているそうだ。

「えらそうとか、めんどくさい説明《せつめい》とか、そんなこと言うんだったら、もう見せてやらないからな」

海音《あまね》の言葉にムッとした田沢《たざわ》くんは、顔の真ん中に目と鼻と口を寄《よ》せた。

すると、さっきから一人でクレヨンの箱をいじっていたさとるが、いきなり立ちあがり、田沢《たざわ》くんのほっぺたに、すっと両手を添《そ》えた。ちなみに、クレヨンを使うのは田沢《たざわ》くんの提《てい》案《あん》だ。うまくやれば、油絵みたいな迫力《はくりょく》のある絵が描《か》けるという。

「うわ！　な、なにすんだよ？」

こわばったままの田沢《たざわ》くんのほっぺたを、さとるはくるくるとさすった。やさしく、ゆっくりと。右手にクレヨンを持ったまま。

「笑《わら》う」

「え？」

「笑《わら》う。みんな、笑《わら》う」

「や、やめろよ」

さとるの手を振《ふ》りはらった田沢《たざわ》くんのほっぺたに、うっすらと赤い丸が描《か》かれていた。

「いいんじゃない。田沢《たざわ》っち、似合《にあ》ってるよ、それ」

海音《あまね》がニヤニヤしながら言った。田沢《たざわ》くんには、何がどうなっているかわからない。「ん？ん？」と、自分の顔をさすりはじめた。

その様子がおかしかったのか、凪《なぎ》も吹《ふ》きだした。

「わたしたちのポスター『みんな、笑《わら》う』でしょ？　田沢《たざわ》くんもそんな顔しないでさ。みんな、笑《わら》っていこ。ね、海音《あまね》。鈴木《すずき》くんもそう思うでしょ？」

凪《なぎ》に見つめられて、ぼくはうなずいた。

「だね」海音《あまね》の機嫌《きげん》も直ったようだ。

「ほら、田沢《たざわ》っち。もったいぶってないで、ラフスケッチ見せてみなよ」

田沢《たざわ》くんは、少し首を前に出した。うなずいたらしかった。

田沢《たざわ》くんがスケッチブックを開くと、それをのぞきんだ凪《なぎ》と海音《あまね》が、わーっと小さな歓声《かんせい》をあげた。

「カンペキ！」

「文句《もんく》なし！」

「鈴木《すずき》も見てくれよ」

そう言われて、ぼくもスケッチブックをのぞきこんだ。驚《おどろ》いた。

スケッチブックの中で、湖がきらきらと光っていた。湖を囲《かこ》む深い森のずっと先のほうで、高い山の頂上《ちょうじょう》が晴れわたった空に突《つ》きでている。空には、たくさんの風船が浮《う》かんでいて、それぞれにちがう笑顔《えがお》が描《えが》かれている。五年二組のみんなの笑顔《えがお》だ。鉛筆《えんぴつ》だけで描《えが》かれているのに、色まで見えるようだった。

「……すごい」

絵にはそこそこ自信《じしん》があったぼくも、認《みと》めざるをえなかった。

「これ描《か》きながら思ってたんだけどさ、風船はさとるに描《か》いてもらえばいいんじゃないかな。思い切りのよさが絵に動きを出すと思う」

田沢《たざわ》くんの口が、またなめらかに動きだした。

○

「鈴木《すずき》ぃ、そこには風船入れないでくれよ。ほら、ここ！　ここには雲の間から顔を出す太陽がくるんだからさ」

田沢《たざわ》くんが、ラフスケッチの右上をたたく。かれこれ二十分、この調子だ。

「……あ、ほんとだ。なあ、さとる、そこって風船描《か》いちゃいけないみたいだぞ。……だから、やめろって」

止まらないさとるの手を押《お》さえたぼくを見て、田沢《たざわ》くんは大げさにため息をついた。

「気をつけてくれよな。まったく……」

湖と森を描《か》いていた凪《なぎ》と海音《あまね》がチラッとぼくを見たけど、何も言わずに作業にもどる。

さとるは風船を描《か》き、ぼくはその風船の中に、みんなの笑顔《えがお》を描《か》く役だ。凪《なぎ》と海音《あまね》は、手わけして風景《ふうけい》を描《か》く。田沢《たざわ》くんは全体を見て、みんなに指示《しじ》したり、手直しをしたりするまとめ役だ。決まった役に文句《もんく》はなかったし、田沢《たざわ》くんの指示《しじ》にも納得《なっとく》できた。

だけど田沢《たざわ》くんは、さとるへの指示《しじ》をぼくに言ってくる。さっきから、それはちょっとちがうんじゃないかと思っていたぼくは、ついに立ちあがった。

「あ、あのさ、風船描《か》くのはさとるなんだから、風船のことは、さとるに直接《ちょくせつ》言ってよ」

「そんな無責任《むせきにん》なこと言うなよ」

「えっ？」

「だってそうだろ、風船と顔はセットなんだから。文句《もんく》言わずに、責任《せきにん》もってやってくれよ」

「ちょっと待ってよ。風船と顔は、たしかにセットだけど、全体をまとめてるのは田沢《たざわ》くんじゃないか。ぼくにばっかり言わないで、さとるのことも見てやってくれよ」

それを聞いた田沢《たざわ》くんは、「ちっ」と舌打《したう》ちをして、信《しん》じられないことを言った。

「言いたくないけどさ、鈴木《すずき》はたいしたことやってないんだから、それくらいやってよ」

たいしたことやってないだって？　ぼくだって、さとるが適当《てきとう》に描《か》いた風船の色や形に合わせて、顔の向きを変《か》えたり、クレヨンの色を選《えら》んだりして、工夫《くふう》してるんだ。

だまりこんだぼくを見て、凪《なぎ》が間に入った。

「そんなこと言うのやめなよ。みんなでやってるんだから、自分の思いどおりになんかいかないよ。『みんな、笑《わら》う』でしょ？　楽しくやらなきゃ、いい笑顔《えがお》になんかならないよ」

凪《なぎ》に言われて、田沢《たざわ》くんはあいまいな笑顔《えがお》を作った。

「ごめんごめん。いい作品にしようと思っただけなんだ」

そうかな？　田沢《たざわ》くんは、さとるをぼくに押《お》しつけようとしたんだ。それは、いい作品とは関係《かんけい》のない話だ。

「ねえ、育人《いくと》っち」

海音《あまね》が、さとるが最初《さいしょ》に描《か》いた赤い風船を指さした。その中には、ぼくが描《か》いたマコちゃんの笑顔《えがお》がある。

「この笑顔《えがお》、すごくいいと思うよ。これ、マコりんでしょ？　なぁんにも考えてないっていうか、ただ笑《わら》ってるのがすごくいい」

「こんなの、だれでも描《か》けるよ」

「そんなことないよ。ねえ、凪《なぎ》ぴょんもそう思うよね？」

凪《なぎ》は少し考えてから、にっこり笑《わら》って、こう言った。

「さとるくんといっしょにだもんね。すごいよ。わたしだったら、こんなふうにうまくできないよ」

凪《なぎ》は、ぼくをなぐさめようとして言ってくれたんだと思う。それ以外《いがい》の気持ちはなかったんだろう。だけど、ぼくは気づいてしまった。

凪《なぎ》の言葉には、さとるのことを特別《とくべつ》あつかいしていることがはっきりとあらわれていた。さとるとの間に壁《かべ》を作り、凪《なぎ》はその向《む》こう側《がわ》から優《やさ》しく声をかけているのだ。

ふたたび、だまりこんだぼくを、凪《なぎ》のターコイズブルーの瞳《ひとみ》が「どうしたの？」というように見つめている。とてもきれいな色だ。それを見ながら思った。

でも、それはしょうがない。ぼくだって同じだ。さとるのことを気にかけたり、手伝《てつだ》ったりするとき、ぼくの中にはいつも〈そうしなきゃいけないぼく〉、〈やってあげているぼく〉がいる。

突然《とつぜん》、田沢《たざわ》くんが悲鳴《ひめい》をあげた。

「ああっ！　何やってんだよ、さとる！」

さとるの手元で、絵が爆発《ばくはつ》していた。風船も何も関係《かんけい》ない。両手に何本ものクレヨンをにぎりしめて、さとるはグリグリ、ギリギリと、模造紙《もぞうし》に色を塗《ぬ》りこめている。

「やめろやめろやめろ！　やめろってもう！」

田沢《たざわ》くんは、つんのめるように、さとるに覆《おお》いかぶさった。その手をつかんで、ぐいっと持ちあげる。

うつぶせのさとるの表情《ひょうじょう》は見えない。しばらくそのままでいたけど、思い出したように「いたい」と言った。

「ちょっとやめなよ！　いたがってるじゃない！」

海音《あまね》が叫《さけ》び、凪《なぎ》も田沢《たざわ》くんをにらみつけた。

「あ、ああ……ごめん。止めなきゃと思ったんだ」

田沢《たざわ》くんはそう言うと、素直《すなお》にさとるの手を離《はな》した。

ぼくは、こういうとき、いつも出遅《でおく》れてしまう。さとるを止めることも、田沢《たざわ》くんを止めることもできなかった。ただ、だまって突《つ》ったっていただけだ。

自由になったさとるは、ふたたび模造紙《もぞうし》に取り組みはじめた。グイグイ自分の世界を描《えが》きつづけている。自分のやっていることが、どういう結果《けっか》をもたらすかなんて考えてもいない。

「ああ……もうダメだ……」

田沢《たざわ》くんは、さとるをあきらめたように見おろし、次にぼくをにらみつけた。

「鈴木《すずき》のせいだからな！　鈴木《すずき》がちゃんとさとるを見てやんないから、こうなったんだ！」

「な、なんで」

「だって、鈴木《すずき》はさとる係なんだろ？　最後《さいご》まで責任《せきにん》持てよ。さんざんいい子ぶっておいて、手に負えなくなったら放りだすなんて最低《さいてい》だぞ。どうすんだよ、これ。もう描《か》き直《なお》してる時間なんてないぞ」

田沢《たざわ》くんにまくしたてられて、心臓《しんぞう》がドクドクと鳴りはじめた。

「わかったよ」

ぼくは、小さくつぶやくと、模造紙《もぞうし》にしゃがみこみ、目の前に転がっていた灰色《はいいろ》のクレヨンをつかんだ。さとるの風船を、凪《なぎ》の描《か》いた湖や森を、ぼくの描《か》いた笑顔《えがお》を、灰色《はいいろ》で、指が痛《いた》くなるほど力を込《こ》めて、塗《ぬ》りつぶしていく。

「な、何やってんだよ。鈴木《すずき》まで」

あっけにとられたような田沢《たざわ》くんの声を聞きながら、ぼくはクレヨンを塗《ぬ》りつづけた。

「……鈴木《すずき》くん」

凪《なぎ》の声にも、ぼくは手を止めなかった。クレヨンが折《お》れるたびに、ちがう色のクレヨンをつかんだ。何色だって関係《かんけい》なかった。

さんざんいい子ぶってだって？　最低《さいてい》だって？

だったら最後《さいご》までやってやる。責任《せきにん》とってやる。

となりでは、さとるが目を輝《かがや》かせて、同じことをしている。めちゃくちゃだ。そうだ。ぼくにだって、さとると同じめちゃくちゃができる。

海音《あまね》がぼくのとなりにしゃがみこんだ。茶色のクレヨンを手にとって、勢《いきお》いよく空の部分に太い線を引いた。

「……いいじゃん。すごくいい」

つぶやいた海音《あまね》は立ちあがり、凪《なぎ》にも緑色のクレヨンをにぎらせた。

「やってみなよ、凪《なぎ》ぴょんもさ」

手の中のクレヨンをしばらく見ていた凪《なぎ》は「もう、どうしようもないもんね」と肩《かた》をすくめ、いっしょになってやりはじめた。

さとるが塗《ぬ》りつぶした黄色に、ぼくのまっすぐな青と、凪《なぎ》のやわらかな緑が重なって、さらにその上を海音《あまね》の太い茶色が横ぎった。

「これ、どうすんの？」

「やばいよね？　でも、なんか楽しいかも」

女子二人は顔を見あわせて、くすくす笑《わら》っている。

しばらくすると、模造紙《もぞうし》はグジャグジャのドロドロに塗《ぬ》りつぶされた。

「こんなにしちゃって、おまえらいったいどうするつもりだよ……」

田沢《たざわ》くんが、魂《たましい》が抜《ぬ》けたように言った。

「どう見ても『みんな、笑《わら》う』って感じじゃないよね。何が描《か》いてあるのかわからないや」

「楽しいね」さとるだけが、まだ模造紙《もぞうし》に色を塗《ぬ》り重《かさ》ねている。

「ま、いいんじゃない。おもしろかったから。みんな、笑《わら》ってたじゃん」

「みんなじゃねえよ」

田沢《たざわ》くんが海音《あまね》をにらみつけたところに、マコちゃんがやってきた。

「なんだこれ？　めっちゃくちゃじゃんか。なんでおれのところ抜《ぬ》けたのかと思ったら、おまえ、こんなことやりたかったのかよ？」田沢《たざわ》くんを指さして、ゲラゲラ笑《わら》いだした。

「そ、そうじゃないけど……」

田沢《たざわ》くんの声は、少しふるえていた。

マコちゃんの笑《わら》い声《ごえ》を聞いて、クラスのみんなが集まってくる。

「何あれ？　変《へん》なのー！」

「何言ってんだよ！　なんかすげえじゃん！」

「ダメダメ。わけわかんないよ」

「そうかあ？　おれ、けっこういいと思うなあ。芸術的《げいじゅつてき》っていうんじゃね？　こういうの」

口々に勝手なことを言いはじめた。

「へえー、すてきじゃないですか」

歌岡《うたおか》先生が、みんなのうしろから、のぞきこむようにして、ぼくたちの模造紙《もぞうし》を見つめていた。

「題名はなんですか？」

「みんな、笑《わら》う！」すかさず、さとるが答える。

「あら、題名もすてきね」

「うん」

歌岡《うたおか》先生にほめられて、さとるはうれしそうだ。

「黒板に並《なら》べてみましょうか。ほかのグループも、できたところは前に持ってきてくださいね」

歌岡《うたおか》先生はマグネットで、ぼくたちの「みんな、笑《わら》う」を黒板に留《と》めてくれた。

少し離《はな》れてポスターの正面に立ったぼくは、腕組《うでぐ》みをして、それを見つめた。

目を細めて集中すると、塗《ぬ》りつぶされたグジャグジャのドロドロの中に、顔らしきものが浮《う》かびあがってきた。がんばれば、それが笑顔《えがお》のように見えるかもしれないと思って、目をしばしばさせていると、急にむずっときた。

「ヘックション!」

くしゃみをしたぼくの鼻から、たらーんと鼻水がたれた。それを見て、マコちゃんが吹《ふ》きだした。凪《なぎ》も海音《あまね》も笑《わら》った。そっぽを向いていた田沢《たざわ》くんも、口の端《はし》を上げた。

教室にみんなの笑顔《えがお》が広がった。

「鼻ティッシュ、あげる」

さとるが笑《わら》いながら、先っぽをねじったティッシュをくれた。

7 やめろ、マコちゃん！

一度、気になりだすと、止まらないのはぼくの悪いくせだ。

さとるに言われてから、アリノイエが気になって仕方ない。

花壇《かだん》はレンガで囲《かこ》まれ、そのすきまはコンクリートでしっかりとふさがれている。今のままでは、雨が大降《おおぶ》りになると、花壇《かだん》にはすぐに水がたまってしまう。そうなれば、アリノイエは水びたし。アリたちは全滅《ぜんめつ》だ。

しばらくは雨が続《つづ》くという天気予報《てんきよほう》を聞いて、ぼくはついに行動に出た。

職員室《しょくいんしつ》に行き、本棚《ほんだな》の釘《くぎ》が飛《と》び出《だ》しているとうそを言った。用具入れから、バールを持ち出すことに成功《せいこう》したぼくは、アリノイエがある花壇《かだん》へと向かう。

レンガのつなぎ目にはコンクリートが詰《つ》められているのだけど、一か所だけひび割《わ》れができていた。そこにバールを差《さ》しこむと、あっけないほどかんたんにレンガは外れた。思ったとおり、そこから水がはけていく。

ただ、冷静《れいせい》に考えてみれば、ぼくは学校の施設《しせつ》をこわしたことになる。器物破損《きぶつはそん》。バレたら大変《たいへん》なことになりそうだ。用具入れの鍵《かぎ》を借《か》りるとき、歌岡《うたおか》先生はぼくのうそをすんなり信《しん》じてくれた。熱心《ねっしん》な整理整頓係《せいりせいとんがかり》であるぼくを疑《うたが》う理由もなかったのだろうけど、まさかこんなことをするとは思わなかったろう。さすがに胸《むね》が痛《いた》む。

とにかく、ひとまずアリノイエは安心だ。それはそれでいいんだけど、いいかげん雨は降《ふ》りやんでほしい。先週から降《ふ》りつづく雨は、マコちゃんから、昼ドッジを始めとする、校庭で行うありとあらゆる遊びを取りあげてしまった。

たまりにたまったマコちゃんのサイクロンエネルギーは、もう爆発寸前《ばくはつすんぜん》。そのイライラのせいで、月曜日の朝から五年二組の空気はピリピリしていた。

「なんでだよ!」

「なんでって、当たり前でしょ? どうしたら、そんなに自分勝手に考えられるのか、逆《ぎゃく》に聞きたいよ」

教室では、掲示板《けいじばん》の前でマコちゃんと凪《なぎ》が言いあらそっていた。

「コートの半面は、女子がバスケットボールで使わせてもらいます。男子は残《のこ》りの半面で、なんでもやってください。公平な提案《ていあん》。はい、終わり」

二人は、昼休みの体育館の使い方でもめているようだ。

「それじゃあ、ドッジボールができないんだよ！」

マコちゃんが、掲示板《けいじばん》に張《は》られている今週のお知らせを、突《つ》き指《ゆび》しそうな勢《いきお》いで指さした。

ぼくたちの学校では、一年生から六年生まで、各《かく》クラス順番《じゅんばん》に昼休みに体育館を使える日が割《わ》り当《あ》てられる。今日は、五年二組と三年一組がコートを一面ずつ使える日だった。

凪《なぎ》は、五年二組に割《わ》り当《あ》てられたコートを、男子と女子で半面ずつ使おうと言っている。

それはもちろん公平な提案《ていあん》だけど、ぼくにはマコちゃんの気持ちもわかった。それじゃあ、せますぎて、ドッジボールはできない。

「一週間ぶりの昼ドッジなんだ。シロゴボウ、頼《たの》むから、ゆずってくれよ」

マコちゃんは凪《なぎ》に手を合わせ、めずらしく頭を下げた。

「絶対《ぜったい》にダメ！」

凪《なぎ》は目をつりあげて、断言《だんげん》した。あーあ、マコちゃん、そこはシロゴボウじゃないでしょ。

「なんでだよ！」

「なんでって、わかんないの？　頼《たの》み方からしてなってないんだよ。鷹部屋《たかべや》は」

「頼《たの》み方？　こんなに頭下げてるじゃんか。わかってないのはシロゴボウのほうだろ」

「あんた、ほんとバカね」

最近《さいきん》の凪《なぎ》は、マコちゃんへのくんづけをやめ、鷹部屋《たかべや》と呼《よ》び捨《す》てにしていた。そして凪《なぎ》の怒《いか》りが頂点《ちょうてん》に達《たっ》した今、マコちゃんの呼《よ》び名《な》は、ついにあんたとなった。

ぼくはちょっとうらやましかった。百年経《た》っても、凪《なぎ》は、ぼくのことをあんたなんて呼《よ》びはしないだろう。

「なんだと！」

マコちゃんは鼻にしわをよせ、凪《なぎ》をにらみつけた。でも、凪《なぎ》はひるまない。「何よ！」逆《ぎゃく》に一歩進みでて、マコちゃんを見おろした。

腰《こし》に手を当てて前かがみになった凪《なぎ》と、あごを突《つ》きだして、負けじと背伸《せの》びをするマコちゃん。二人のおでこがくっつきそうになるのをハラハラして見ていると、二十分休み終了《しゅうりょう》のチャイムが鳴った。同時に歌岡《うたおか》先生が教室に入ってくる。

「はい、みなさん座《すわ》ってください」

「ちっ、覚《おぼ》えてろよ」

マコちゃんは悪党《あくとう》みたいなセリフを残《のこ》して、席《せき》にもどった。


そして昼休み、ぼくたちは雨音のひびく体育館に集まっていた。いつものサイクロンハンマー組の五人に、ぼくとさとるも加《くわ》わっている。気まぐれなマコちゃんに連《つ》れてこられたのだ。

「サイクローーーーン、ハァマー！」

ハンマーのところだけ、妙《みょう》に発音がいい。マコちゃんがぶん投げた田沢《たざわ》くんのバッグは、きれいな放物線を描《えが》いて女子たちのほうへ飛《と》んでいった。

「きゃー！」

「あぶないっ！」

女子たちが悲鳴《ひめい》をあげて逃《に》げまどうなか、ぽすん。

思いのほか軽い音を立てて、バッグは体育館の床《ゆか》に落ちた。ワックスの効《き》いた床《ゆか》をつつーとすべり、バスケットコートのフリースローラインあたりで止まった。

小走りでセンターラインを越《こ》えたマコちゃんは、立ちはだかった凪《なぎ》をするりとかわし、「へへ。本気出したら飛《と》びすぎた」と、へらへら笑《わら》いながら、バッグをひろいあげた。

「ちょっと！　あぶないじゃない！」

「なんでもやれって言ったのは、シロゴボウのほうだろ？　心配すんな。重くして、もうそっちまで飛《と》ばねーようにするからさ。ま、こんなの当たっても、たいしたことねーけどな。びびりすぎなんだよ、おまえら」

凪《なぎ》に言われるであろうことを、すべて先まわりして答えたマコちゃんは、くちびるをかむ凪《なぎ》に背《せ》を向けて、意気揚々《いきようよう》とぼくたちのほうにもどってきた。バッグをくるくる振《ふ》りまわしてから、田沢《たざわ》くんに放り投げる。

「テキトーに入れとけよ。いつもより重めな」

無言《むごん》で自分のバッグを受けとった田沢《たざわ》くんは、顔の真ん中に目と鼻と口を寄《よ》せながら、作業を始めた。紙袋《かみぶくろ》から教科書を何冊《なんさつ》か取りだし、体操服《たいそうふく》やタオルでくるむと、慣《な》れた手つきでバッグに押《お》しこんでいく。

「サイクローーーーン、ハァマー！」

軽く投げたように見えたけど、二度目にマコちゃんが放ったバッグも、高々と宙《ちゅう》に舞《ま》いあがった。男子と女子を分けるセンターラインのギリギリ手前に、どすっと落ちる。

「うーん、ま、こんなもんか。ほら、次のやつ、どんどんやれよ」

黒田《くろだ》くん。安西《あんざい》くん。田沢《たざわ》くん。中野《なかの》くん。次々に投げていくんだけど、全然《ぜんぜん》マコちゃんの記録《きろく》には届《とど》かない、っていうより、ほとんど前に飛《と》ばない。中野《なかの》くんの投げたバッグなんか、横で見ているぼくたちのほうへ飛《と》んできたから、あわててよけなければならなかった。

マコちゃんはかんたんそうにやっていたけど、これは意外とむずかしそうだぞ。

「次は育人《いくと》な」

マコちゃんの指名に、ぼくはバッグをひろいあげた。ずっしりとした手ごたえ。思ったより重い。

「……ええと」

ぼくは、チラリと田沢《たざわ》くんのほうを見た。

「ほんとに投げていいの？」

一応確認《いちおうかくにん》してみると、田沢《たざわ》くんの小鼻《こばな》がひくりと動いた。田沢《たざわ》くんは気に入らないときは、顔のパーツが真ん中に寄《よ》る。小鼻《こばな》だけ動かすのは、どういう意味なんだろう？

「早く投げろよ」マコちゃんが低《ひく》い声で言った。

「だって」

「いいから、投げろよ」

「ちゃんと聞いとかないと、田沢《たざわ》くんに悪いから」

ぼくがそう言うと、マコちゃんは鼻にしわを寄《よ》せた。ぐるんと振《ふ》りかえり、「どうなんだよ？」と、田沢《たざわ》くんをにらんだ。

「いいよ、投げても」

田沢《たざわ》くんは、無表情《むひょうじょう》のまま薄《うす》いくちびるを動かし、「今さら、何言ってんだよ」と、小さくつけくわえた。

「だってよ」

ふたたびぼくに向き直ったマコちゃんは、歯をむいて笑《わら》った。狼《おおかみ》の笑《わら》い。危険《きけん》を知らせるサインだ。

「わかったよ」

一応《いちおう》だけど、田沢《たざわ》くんの許可《きょか》も得《え》た。気持ちを切り替《き》《か》え、ぼくは、投げる位置《いち》についた。

バッグの重さをたしかめながら、マコちゃんのフォームを思いかえす。

――回転軸《かいてんじく》が大切なんだ。

頭の上で二回バッグを振《ふ》りまわしたあと、ぼくは地球の自転をイメージしながら、全身で回りはじめた。衛星《えいせい》となったバッグの遠心力《えんしんりょく》を感じながら、スピードを上げていくと、伸《の》ばした腕《うで》とバッグの持ち手が一直線になり、体育館の景色《けしき》がすごい勢《いきお》いで流れた。

――いい感じだ。あとは角度とタイミングを合わせて、持ち手を離《はな》せばいい。もしかしたらぼく、一投目でマコちゃんの記録《きろく》を超《こ》えちゃうかもしれない。

そう思った瞬間《しゅんかん》、流れる景色《けしき》の中に、凪《なぎ》の姿《すがた》が飛《と》びこんできた。レイアップシュートを決めた凪《なぎ》。ポニーテールにした金髪《きんぱつ》が、スローモーションで踊《おど》っている。

ぼくの指から離《はな》れたバッグは、横で見ていたみんなのほうへ飛《と》んでいった。

「ぐえ」

一歩も動かなかったマコちゃんの横で、中野《なかの》くんが、体を折《お》り曲《ま》げて、くずれ落ちた。

○

「わざとだろ。いいやわざとに決まってる。仕返しだ。おれに仕返ししたんだ」

いくらあやまっても中野《なかの》くんは許《ゆる》してくれない。

「仕返しだなんて、そんなわけないじゃないか。だって、中野《なかの》くんが投げたのは、だれにも当たらなかったんだから。これはアドバイスなんだけど、もう少し腰《こし》を落としたほうが、回転スピードが増《ま》すと思うよ」

「そういうとこだぞ、鈴木《すずき》ぃ。おれがへぼいみたいな言い方すんな。だいたい鈴木《すずき》は、すかしてんだよな。上からっていうか、理屈《りくつ》っぽいっていうか、ふだんあんまりしゃべらないくせに、ぽろっと嫌味《いやみ》ったらしいこと言ったりしてよ。要《よう》するに、いやな感じなわけよ」

ぐちぐちと、関係《かんけい》ないことまで言いだした。でも、ここで言いかえすと、話が終わりそうにない。ぐっとこらえて、中野《なかの》くんの背中《せなか》をさすっていると、今度は田沢《たざわ》くんとさとるがもめだした。

「さとるは、おれのバッグ使うなよな。自分のを投げろよ」

「何、言ってんだよ。それじゃあ公平な勝負にならないだろ。さとる、次はおまえの番な」

マコちゃんが田沢《たざわ》くんのバッグをひろいあげ、さとるに渡《わた》した。

「いいよな？」

マコちゃんがにらむと、田沢《たざわ》くんはしぶしぶうなずいた。でも、顔の真ん中に思いっきり目と鼻と口を寄《よ》せている。

やっぱり、田沢《たざわ》くんは自分のバックを投げられるのがいやなんだ。

その思いが通じたのか。さとるは田沢《たざわ》くんのバッグを胸《むね》の前に抱《かか》えて、「かわいそうだから投げたくない」と、ぼそりとつぶやいた。

「はあ？　田沢《たざわ》本人が喜《よろこ》んで投げてんだぞ。全然《ぜんぜん》かわいそうじゃねーよ」

「ちがう」

「何がちがうんだよ？」

さとるが、めずらしく、マコちゃんに向かって下くちびるを突《つ》きだしている。マコちゃんの鼻のしわがだんだん深くなってきた。

——さとる、さっさと投げちゃえよ。

目で合図を送ったけど、さとるは全然《ぜんぜん》気づかない。口を固《かた》く結《むす》んで、大きな目でマコちゃんをにらみつけている。こうなってしまったさとるは、マコちゃん以上《いじょう》にやっかいだ。何を言おうと、どうしようと動かない。

「めんどくせ。じゃ、もういいや。おれが投げるから、それよこせ」

マコちゃんがバッグに手を伸《の》ばすと、さとるはバッグを胸《むね》に抱《かか》えこんだ。

「いやだ。バッグかわいそう」

——あ、そっちだったのね。

「何、言ってんだよ。バッグにかわいそうも、くそもないだろ。早くよこせ」

マコちゃんがつめよると、さとるはあとずさった。

「いやだ」

「よこせ」

「いやだ」

じわじわと、さとるを体育館の隅《すみ》に追いつめると、マコちゃんは、ゲンコツを振《ふ》りあげて、たたくふりをした。

「よこせって、言ってんだろ」

「いやだ」

さとるがそう言った瞬間《しゅんかん》、ペチンと音を立てて、マコちゃんのゲンコツがさとるの左肩《ひだりかた》に当たった。

――やめろ、マコちゃん！

それを、ぼくは言えなかった。

鼻のしわを深くして、マコちゃんは、もう一度ゲンコツを振《ふ》りあげた。

「よ、こ、せ」

「いやだ」

さとるは、田沢《たざわ》くんのバッグをさらに強く抱《だ》きしめた。

ベチン！さっきよりも重い音が聞こえ、さとるは泣《な》きそうな顔で左肩《ひだりかた》を押《お》さえた。

「いたい」

「ちょっと、やめなさいよ！」

凪《なぎ》が血相《けっそう》を変《か》えて、かけてきた。マコちゃんとさとるの間に割《わ》って入《はい》ると、マコちゃんをにらみつけた。

「いじめだよ、それ」

「どこが？」

「今、さとるくんをたたいたでしょ！」

「さとるがバッグを返さないからだ」

「でも、たたいた。暴力《ぼうりょく》を振《ふ》るうなんて最低《さいてい》だよ」

「バッグを返さないさとるは、いいのかよ？」

「そんなことどうでもいい！　あんたがさとるくんをたたいたことが問題なんだよ！」

「答えになってねえよ」

二人がにらみあっているうちに、ほかの女子たちもやってきた。さとると凪《なぎ》を守るように、マコちゃんを取りかこむ。

「さとるくん、凪《なぎ》、だいじょうぶ？」

「暴力《ぼうりょく》とか、マジで信《しん》じらんない」

「先生に言いつけるから」

口々に言いながら輪《わ》をせばめていく。だけど、マコちゃんも言われっぱなしじゃない。

「うるせーんだよ！　おまえら、関係《かんけい》ねーのに出てくんな。鼻くそつけんぞ！」

「ぎゃー！」

女子たちの悲鳴《ひめい》とともに、マコちゃんを囲《かこ》む輪《わ》がはじけるように広がった。

人差《ひとさ》し指の先に、本当に鼻くそをくっつけて、マコちゃんは、女子たちを追いかけはじめた。もう一面のコートに逃《に》げこんだ女子もマコちゃんは追いまわしたから、三年生まで巻《ま》きこまれることになった。

体育館にいた全員がぐるぐる走りまわるなか、さとるはさとるで、バッグを取りかえそうとする田沢《たざわ》くんから一目散《いちもくさん》に逃《に》げている。もはや、意味不明《いみふめい》だ。

悲鳴《ひめい》。大勢《おおぜい》がかけまわる音。激《はげ》しさを増《ま》す雨音。大混乱《だいこんらん》の体育館の中、「ピピーッ！」と、かん高い笛の音がひびきわたった。

その場で立ちすくむぼくたち。体育館の入り口には、教頭先生《きょうとうせんせい》が立っていた。

「何をやっているんですか？」

教頭先生《きょうとうせんせい》は笛を口から外すと、ゆっくり縁《ふち》なしメガネのツルを押《お》しあげた。

8　ぼくは、悪くない

火曜日の朝。目が覚《さ》めたときには、雨はすっかりやんでいた。

いったん梅雨《つゆ》はお休みのようだ。がんばって早起きしたぼくは、いつも一番に登校してくるさとるを校門の前でつかまえた。

校庭からはまだ水が抜《ぬ》けきっていなかった。晴れわたった空の下、ところどころにあるぬかるみが、朝日を反射《はんしゃ》して光っている。八時前の校庭に人影《ひとかげ》はない。

校舎《こうしゃ》のほうに目をやって、だれも見ていないことを確認《かくにん》すると、ぼくはさとるに合図を送った。二人して校庭に飛《と》びだす。

さとるは足が速くなっていた。追いぬかれそうになるのを、ぼくはぬかるみを利用《りよう》して、さとるをブロックしつつ走った。

「育人《いくと》ずるい」

先に花壇《かだん》に着いたぼくが気に入らないのだろう。下くちびるを突《つ》きだすさとるを無視《むし》して、ぼくは、花壇《かだん》を囲《かこ》むレンガの一箇所《いっかしょ》だけ歯が抜《ぬ》けたように空いているところを指さした。

「さとる、これなんだけどさ」

ぼくはぎっしり咲《さ》いたニチニチソウの間に手を突《つ》っこみ、外しておいたレンガを取りだした。「雨が降《ふ》ってきたら、ここのこれを外すんだぞ」

レンガを花壇《かだん》の縁《ふち》にはめたり、外したりしてみせる。

さとるは、アリノイエのほうが気になって仕方ないようだ。黄色いバケツを持ちあげて、中をのぞきこんでいる。

「アリはだいじょうぶだって。水はたまってなかったんだから。それよりこっち見てよ。雨が降《ふ》ったら、これ、外しとかないと、だいじなアリノイエが水浸《みずびた》しになっちゃうぞ」

「アリ、だいじょうぶだった」

顔を上げたさとるは、うれしそうに目を輝《かがや》かせた。

「だからそう言ってるだろ。それより、これ、な。雨が降《ふ》ってきたら、ここのレンガを外す

んだぞ」

同じことを言って、またレンガをはめたり外したりする。そのあと、レンガを花壇《かだん》にしっかりはめこんだ。流れ出た黒土をシャベルですくいとって花壇《かだん》にもどす。最後《さいご》は足でガシャガシャと地面をこすって終わりにした。

雨が降《ふ》るたびに、この作業をしなきゃならないのだろうか。土日も、夏休みも……。のしかかる責任《せきにん》をぼくは感じていた。この調子じゃ、さとるは頼《たよ》りにならない。ぼくがうっかり忘《わす》れてしまえば、アリたちはみんなおぼれてしまうのだ。

「みんなには秘密《ひみつ》だぞ」

「うん」

「これは、ぼくたちだけでやらなきゃならない。勝手に花壇《かだん》こわしたの知られたら、怒《おこ》られちゃうだろう?」

こわしたのはぼくだから、本当はさとるが怒《おこ》られることはない。でも、ぼくは、さも二人の重大な秘密《ひみつ》のように言った。

「うん」

さとるは、のんきにアリの行列をながめている。

ぼくは立ちあがった。さとるが理解《りかい》したとは思えなかったけれど、長居《ながい》は無用《むよう》だ。だれかに見られる前に教室に行かなきゃならない。そうだ。今度雨が降《ふ》ったときに、さとるを連《つ》れてこよう。実際《じっさい》に、花壇《かだん》に水がたまる様子を見れば、さとるだって理解《りかい》するはずだ。

そのとき、さとるが「タジワくん……」と言った。

さとるの見あげた先には田沢《たざわ》くんがいた。さとるは田沢《たざわ》くんのことをタジワくんと呼《よ》ぶ。田沢《たざわ》くんは四階の窓《まど》からぼくたちをじっと見ていた。その視線《しせん》が妙《みょう》にねばっこくって、ぼくはなんだか、いやだなあと思った。

○

朝の会の時間になって、教室に入ってきたのは教頭先生《きょうとうせんせい》と学年主任《がくねんしゅにん》の町村《まちむら》先生だった。あとから入ってきた歌岡《うたおか》先生に、いつものふんわりした笑顔《えがお》はない。五年二組の教室は、朝から重苦しい空気に包《つつ》まれた。

教壇《きょうだん》に立った町村《まちむら》先生は、教頭先生《きょうとうせんせい》をチラリと見てから、けほんと咳《せき》ばらいをした。体も声も大きくて、いつもはちょっとこわい感じの町村《まちむら》先生が心なしか小さく見える。

午後の五、六時間目を使って、きのうの体育館で起きた事件《じけん》の聞き取り調査《ちょうさ》を行うと言う。

町村《まちむら》先生はこもった声でそう説明《せつめい》した。

きのうの事件《じけん》は、思ったよりも大ごとになった。

五年生のお兄さんお姉さんたちが体育館で暴《あば》れている。大変《たいへん》だ。先生を呼《よ》びに行った三年生は、話をずいぶん盛《も》ったのだろう。もしかしたら、いじめという言葉も使ったかもしれない。それを最初《さいしょ》に聞いたのが、教頭先生《きょうとうせんせい》だったことも悪かった。その日のうちに保護《ほご》者たちに連絡《れんらく》がいき、田沢《たざわ》くんのお父さんの要求《ようきゅう》で、保護者説明会《ほごしゃせつめいかい》まで開かれることになったんだ。

町村《まちむら》先生は少し間を置《お》き、口を開いた。

「聞き取り調査《ちょうさ》は男女別《だんじょべつ》に行います。男子は教頭先生《きょうとうせんせい》に、女子は六年生の学年主任《がくねんしゅにん》の飯岡《いいおか》先生に担当《たんとう》していただきます。場所は旧校舎《きゅうこうしゃ》一階にある空き教室。調査《ちょうさ》が始まったら、浦田《うらた》くん、田沢《たざわ》くん、鷹部屋《たかべや》くんの三人は、私《わたし》といっしょに来てください」

「なんで？」

マコちゃんがのんびりと声をあげた。

「なんですか、だろうがっ！」

一瞬《いっしゅん》ふだんのおっかない顔つきにもどった町村《まちむら》先生だったけど、あわてて表情《ひょうじょう》を消し、ごにょごにょと続《つづ》けた。

「浦田《うらた》くん、田沢《たざわ》くん、鷹部屋《たかべや》くんは当事者《とうじしゃ》ですので、別《べつ》の場所で聞き取りをします」

「おれも、みんなといっしょに、その聞き取り調査《ちょうさ》ってやつをしてくれよ。それより町先《まちせん》さあ、その変《へん》な言葉づかいやめろって。気持ち悪いから」

「ぐっ、まことっ、じゃない。たっ、鷹部屋《たかべや》くん。先生のことは町村《まちむら》先生と呼《よ》びなさい。ん？よ、呼《よ》んでください……かな」

「もういいです」

教頭先生《きょうとうせんせい》が教壇《きょうだん》に立った。縁《ふち》なしメガネのレンズに光が反射《はんしゃ》して、ぼくの席《せき》からは、教頭《きょうとう》先生《せんせい》の目がどこを向いているのかよくわからない。

「私《わたし》としては、聞き取り調査《ちょうさ》はできるだけリラックスした状態《じょうたい》で行うべきだと思っています。待っている間、当事者《とうじしゃ》と顔を合わせていると、みなさん、気まずいこともあるでしょう。今言った三名は、町村《まちむら》先生についていくように」

「ふーん」

マコちゃんが、田沢《たざわ》くんにちらっと目をやった。田沢《たざわ》くんは顔を伏《ふ》せている。

「だってよ、さとる」

さとるはノートに何か書きこんでいて、声をかけられたことに気づかない。

それを見たマコちゃんは、つまらなそうに鼻くそをほじりはじめた。

○

とても遊ぶ雰囲気《ふんいき》ではなかったから、昼休みはみんなばらばらに過《す》ごしていた。ぼくは、さとるに「育人《いくと》、行こ」と誘《さそ》われたので、ウサギ小屋の掃除《そうじ》に行った。

掃除《そうじ》を終えて帰ってくると、真上から降《ふ》りそそぐ日差《ひざ》しのせいで、昇降口《しょうこうぐち》は真っ暗に見えた。ひんやりとした下駄箱《げたばこ》の前で、上ばきにはきかえていると、柱の陰《かげ》から田沢《たざわ》くんがあらわれた。じっとぼくたちの顔を見て、何か言いたそうだ。さとると二人で、言うのを待っていたら、「なんか言えよな」と、田沢《たざわ》くんが言った。

「あ……ああ、きのうは大変《たいへん》だったね」

迷《まよ》ったすえ、ぼくはこう言ってみた。

あたりさわりのない言葉だったけど、田沢《たざわ》くんは満足《まんぞく》したようだった。

「そうなんだよ」

近づいてきて、声をひそめた。

「それでさ、鷹部屋《たかべや》のことなんだけどさ」

「タカ……ベヤ？」

田沢《たざわ》くんがマコちゃんのことを名字で、しかも呼《よ》び捨《す》てで呼《よ》んだのを聞いたことがない。

とまどうぼくを見て、田沢《たざわ》くんはさらに満足《まんぞく》したようだった。

「シカトしてやろうと思ってるんだ」

「えっ……な、なんで？」

ぼくが驚《おどろ》くのを見て、田沢《たざわ》くんはなぜかうなずいた。

「決まってるじゃないか。こっちこそ鈴木《すずき》が『なんで？』なんて言うとは思わなかったよ」

「そ、そんなこと、できるわけ……」

「できるんだよ、それが。みんな鷹部屋《たかべや》のことがきらいなんだ。ちょっと運動ができるからって、いばりくさってさ。そのうえ暴力《ぼうりょく》でおどして、やりたい放題じゃないか。鈴木《すずき》だっておかしいと思ってただろ？　おれのバッグ、投げるのためらってたじゃないか。あれ、限定品《げんていひん》なんだぞ！　あんなふうに投げていいもんじゃないんだよ！」

「そ、それはわかるけど、だからって……」

「そうだろ？　わかるだろ？　みんなだってそうさ。うんざりなんだ。思い切って鷹部屋《たかべや》へのシカトのことを話したら、みんな乗ってきたんだよ。黒田《くろだ》だろ、中野《なかの》だろ、安西《あんざい》だろ……」

田沢《たざわ》くんは薄《うす》いくちびるを動かしつづけた。

「最初《さいしょ》はキツいと思う。シカトなんかしたら、あいつ、暴《あば》れまくるに決まってる。でも、みんなで相手にしなきゃ、すぐにまいるって。あいつのことは、先生や親たちの間で問題になってるんだ。今度のことだけじゃない。……ウサギが死んだのだって、あいつのせいだ。そうだ。このクラスで起きる問題は全部、鷹部屋《たかべや》がからんでるんだ。来週の保護者説明会《ほごしゃせつめいかい》では、あいつの母親にしっかり言ってきかせてやるって、うちのお父さんが言ってた。本当なら、あいつの父親にも説明会《せつめいかい》に出てもらわなきゃいけないんだけど、それはできないんだ。なんでか知ってるか？　おれ、聞いたんだ。あいつの父親、今、家にいないんだぜ。働《はたら》けなくて、実家《じっか》に帰ってるんだ。大人のくせにおかしいよな」

「ちょっと待ってよ！」

とても聞いていられなかった。

田沢《たざわ》くんはしゃべるのをやめたけど、くちびるはけいれんするようにふるえていた。

そのとき、今までだまっていたさとるが、「マコちゃん、好《す》き」と言った。

「黒田《くろだ》くん、きらい。中野《なかの》くん、きらい。安西《あんざい》くん、きらい」

次々に名前をあげていく。

「タジワくん、きらい」

そう言われた田沢《たざわ》くんは、目と鼻と口を顔の真ん中に寄《よ》せて「タジワってだれだよ！」と言った。

「マコちゃん、好《す》き！」

さとるは、大声で言った。断固《だんこ》とした顔で下くちびるを突《つ》きだす。

「ちっ！」

田沢《たざわ》くんは、大きく舌打《したう》ちをした。

「おまえなんかに言ったってしょうがないや。鈴木《すずき》ぃ、おまえはわかったよな？　とにかくそういうことだから、よろしくな」

そう言《い》い残《のこ》して、田沢《たざわ》くんは行ってしまった。

またぼくは、何も言えなかった。はっきりいやだと言えなかったぼくは、田沢《たざわ》くんのシカト仲間《なかま》に入ってしまったのだろうか。少なくとも田沢《たざわ》くんはそう思っているようだった。

昇降口《しょうこうぐち》の外は異常《いじょう》に明るかった。その光の中に、さとるが影《かげ》になって、立っている。

「……さとる」

声がかすれていた。さとるは何も言わず、ぼくの横をすりぬけていく。

遠ざかっていく足音が、いつまでもぼくの耳に残《のこ》っていた。

○

聞き取り調査《ちょうさ》が始まるとすぐ、マコちゃんとさとると田沢《たざわ》くんは町村《まちむら》先生に連《つ》れて行《い》かれてしまった。教頭先生《きょうとうせんせい》が黒板に書いた「自習」という文字を見て、ぼくは、漢字の書き取りを始めた。

しばらくすると、教室の戸が開いた。

「やっぱ、緊張《きんちょう》したなあ」

一番に聞き取り調査《ちょうさ》を終えた安西《あんざい》くんが帰ってきたのだ。席《せき》に着いた安西《あんざい》くんのところへ、黒田《くろだ》くんと中野《なかの》くんが近づいていく。

「何言ったんだよ？　つーか、何聞かれたんだよ？」

「教頭先生《きょうとうせんせい》、こわくなかった？」

「こわいっていうか、やっぱ、普通《ふつう》だったたっていうか……でも普通《ふつう》すぎて、やっぱ、こわかったかも。だって、教頭先生《きょうとうせんせい》、何考えてるか全然《ぜんぜん》わかんないんだもん。真顔《まがお》のまんま、ずっと見られんのって、やっぱ、こわいじゃん」

安西《あんざい》くんは、「やっぱ」が口ぐせだ。ぼくは、それが気になって、話が頭に入ってこないときがある。でも、このときはちがった。

「やっぱ、こわかったんだぁ」

やっぱがうつってしまった中野《なかの》くんを押《お》しのけて、黒田《くろだ》くんが身を乗りだした。

「おまえの感想とかどうでもいいんだよ。何を聞かれたか早く教えろって」

黒田《くろだ》くんにせっつかれて、安西《あんざい》くんは肩《かた》をすくめ、話しはじめた。
・だれが、どういった理由で、サイクロンハンマーをやりはじめたのか？
・なぜ、田沢《たざわ》くんのバッグが投げられるようになったのか？
・マコちゃんは、さとるをいじめていたか？
そのほかにも、ふだんのマコちゃんの態度《たいど》をどう思っているかなど、安西《あんざい》くんが教頭先生《きょうとうせんせい》に聞かれた内容《ないよう》は、だいたいぼくも予想《よそう》していたものだった。

最後《さいご》に安西《あんざい》くんは言った。

「いろいろ聞かれたけど、おれは正直に答えたよ。鷹部屋《たかべや》はやりすぎだと思ってたって。でも、こわくて、言うことを聞くしかなかったって」

ざわついていたクラスが一瞬《いっしゅん》、静《しず》まりかえった。

マコちゃんのことをタカベヤと呼《よ》んだ安西《あんざい》くんは、耳まで真《ま》っ赤《か》にして、まわりを見まわしている。教頭先生《きょうとうせんせい》は正しかった。たしかにマコちゃんがこの場にいたら、安西《あんざい》くんは、こうは言えなかっただろう。

いやな予感がする。

サイクロンハンマー組の安西《あんざい》くんが、はっきりとマコちゃんへの不満《ふまん》を表明《ひょうめい》したことで、この聞き取り調査《ちょうさ》の行方《ゆくえ》が決まった気がしたのだ。

「次は鈴木《すずき》の番だぞ」

教室にもどってくるなり、佐藤《さとう》くんは怒《おこ》ったように言った。

席《せき》に着いた佐藤《さとう》くんのまわりを、数人の男子が取りかこむ。

黒板に書かれた「自習」という文字を守っている者は、もはやいない。ほとんど全員が自分の席《せき》を離《はな》れ、好《す》き勝手《かって》にグループを作っていた。

「佐藤《さとう》はどっち派《は》？　やっぱり田沢派《たざわは》？　おまえ、四年のときはマコちゃんに結構《けっこう》やられてたもんな」

「どっち派《は》とか知らねーよ。別《べつ》にやられてねーし。ただ、マコちゃんの田沢《たざわ》へのあつかい、あれはないっていうのは言っといた」

「やっぱ、言えんのはそれくらいだよな。いじめとか重いもんな」

ヒソヒソと交《か》わされる答え合わせのなか、ぼくは席《せき》を立った。

腕《うで》組《ぐ》みをして、目をつぶっているブーの横を通り、五年二組の教室をあとにする。

聞き取り調査《ちょうさ》を行っている旧校舎《きゅうこうしゃ》の一階には三つ教室が並《なら》んでいる。一番奥《いちばんおく》が教頭先生《きょうとうせんせい》が待っている男子の教室で、その手前が女子の教室だ。

聞き取り調査《ちょうさ》の進み具合は女子のほうがだいぶ早い。飯岡《いいおか》先生の聞き方がうまいのかもしれないけど、理由はそれだけじゃないだろう。五年二組の教室に一人帰ってくるたびに、女子たちは教室のうしろに集まっていた。きっと質問《しつもん》にどんなふうに答えるかを相談していたんだ。凪《なぎ》は、それには参加《さんか》していなかった。自習をしていないみんなを注意することもなかった。ただ、窓《まど》の外を見ているだけだった。

女子の聞き取り調査《ちょうさ》の教室を通りすぎようとしたとき、その凪《なぎ》の声が聞こえてきた。

「絶対《ぜったい》にちがいます！　鷹部屋《たかべや》くんがさとるくんをいじめてるだなんて、そんなことはありません！」

驚《おどろ》いて立ちどまると、飯岡《いいおか》先生のこまったような声が続《つづ》いた。

「美咲《みさき》さん、落ちついて。それを確認《かくにん》しているの。そのとき、あなたもいじめという言葉を使ったんじゃないの？」

「そう言ったかもしれません。ですけどそれは、鷹部屋《たかべや》くんの暴力《ぼうりょく》をやめさせようとして言ったことで……」

「鷹部屋《たかべや》くんは、浦田《うらた》くんに暴力《ぼうりょく》を振《ふ》るったの？」

「……はい。でも、それはいじめっていうのとはちがいます。けんかっていうか、さとるくんが言うことを聞かないから、鷹部屋《たかべや》くんが怒《おこ》ったからで……」

「浦田《うらた》くんも暴力《ぼうりょく》を振《ふ》るったんですか？」

「……いえ」

「それは、けんかとは言えないわね」

凪《なぎ》を落ちつかせようと、飯岡《いいおか》先生の声色《こわいろ》はやわらかだった。

「だって……あの二人は、本当は仲《なか》がいいんです。さとるくんは鷹部屋《たかべや》くんのこと大好《だいす》きなんです。それに、鷹部屋《たかべや》くんは、いじめなんてする人じゃありません……」

凪《なぎ》の声はしだいにかすれ、小さくなり、最後《さいご》には鼻をすすりあげる音と、しゃっくりばかりになった。

──あの凪《なぎ》が、泣《な》いている。

戸のすきまから、中をのぞこうとしたとき、男子の教室の廊下《ろうか》に教頭先生《きょうとうせんせい》が立っているのに気づいた。メガネの奥《おく》から、じっとぼくのほうを見ている。

ぼくと目が合ったことを確認《かくにん》した教頭先生《きょうとうせんせい》は、何も言わずに、男子の聞き取り調査《ちょうさ》の教室へと入っていく。

ぼくは凪《なぎ》のいる教室の前を離《はな》れ、教頭先生《きょうとうせんせい》の待つ教室へ歩きだした。

○

安西《あんざい》くんが言っていたとおり、教頭先生《きょうとうせんせい》はまさに普通《ふつう》だった。顔色を変《か》えず、大きな声を出すこともない。教室で聞いたのと同じ質問《しつもん》を淡々《たんたん》としてくる。

それはそれでありがたかったけど、だんだん不安《ふあん》になってきた。教頭先生《きょうとうせんせい》がぼくの答えに満足《まんぞく》しているのかわからない。

「最後《さいご》の質問《しつもん》になります」

教頭先生《きょうとうせんせい》の声に、ぼくは身がまえた。

教室での情報《じょうほう》によると、最後《さいご》は「マコちゃんは、さとるをいじめているか？」という質問《しつもん》のはずだ。

ぼくの答えは決まっていた。

いじめてない。

肩《かた》パンチはよくないことだ。でも、さとるを痛《いた》めつけようとか、いやがらせをしようとか、そんな気持ちは、マコちゃんにはない。ぼくが一番よく知っている。

教頭先生《きょうとうせんせい》がメガネのツルを持ちあげると、レンズの角度が変《か》わり、灰色《はいいろ》の瞳《ひとみ》が見えた。

最後《さいご》の質問《しつもん》は思いがけないものだった。

「鈴木《すずき》くん。きみは浦田《うらた》くんをいじめていないかい？」

――えっ？

あまりに予想外《よそうがい》な質問《しつもん》で、何を聞かれているのか理解《りかい》できなかった。

――いじめてる？　ぼくが？　さとるを？

頭の中でくりかえして、やっとその意味を理解《りかい》すると、ぼくはふるえる声で教頭先生《きょうとうせんせい》にたずねた。

「ど、どういうことですか？　なんで、そんなことを聞くんですか？」

「浦田《うらた》くんは、きみのことをきらいだと言っているんだよ。暴力《ぼうりょく》を振《ふ》るった鷹部屋《たかべや》くんのことは好《す》きとしか言わないんだがね。正直に教えてほしい。鈴木《すずき》くんは、浦田《うらた》くんに何をしたんだい？」

なんだって？

そんなことあるわけがない。

整理整頓係《せいりせいとんがかり》の仕事をやらないさとるにだって、ぼくは決して怒《おこ》ったりしない。思いどおりにならなくても、マコちゃんのようにたたいたりしない。

それどころか、グループ分けのときだって、仲間外《なかまはず》れにしなかった。ワークだってやってあげているし、やらなくてもいいウサギの世話だってつきあっている。

だれよりもぼくが、さとるの世話をしてやっているんだ。感謝《かんしゃ》されこそすれ、きらわれるなんてありえない。ましてやいじめているだなんて、誤解《ごかい》もいいところだ。

あまりのショックに、ぼくは少し怒《おこ》っていたのかもしれない。「何もしてないです。ぼくはただ、さとるの世話をしてるだけで、いじめだなんておかしいです。歌岡《うたおか》先生に聞いてください。そしたら、ぼくが言っていることがうそじゃないってわかります。だって、さとるの言うことって、よくわからないとこがあるし……」

興奮《こうふん》して、まくしたてるぼくを、教頭先生《きょうとうせんせい》は灰色《はいいろ》の瞳《ひとみ》で見つめた。

「そうかい。浦田《うらた》くんの言うことは、よくわからないかい」

教頭先生《きょうとうせんせい》はただ、ぼくの言ったことをくりかえしただけだった。なのに、ぼくは激《はげ》しくうろたえた。ぼくの中にある、いやな部分を言い当てられた気がしたのだ。

「ち、ちがうんです。そういう意味じゃなくて……。ちゃんと歌岡《うたおか》先生に聞いてください。お願《ねが》いします。そしたら、わかってもらえますから」

必死《ひっし》で訴《うった》えるぼくとは目を合わさず、教頭先生《きょうとうせんせい》は無言《むごん》で何かをノートに書きはじめた。

――何を書いているんだろう？

ねっとりとした不安《ふあん》が、ぼくの頭を押《お》さえつけた。教頭先生《きょうとうせんせい》が書いていることは、ぼくにとっていいことであるはずがなかった。

次の瞬間《しゅんかん》、ぼくは自分でも思ってもいなかったことを口にしていた。

「さとるをいじめてるのは、マコちゃんです」

「ん？」教頭先生《きょうとうせんせい》の手が止まった。

初《はじ》めて興味《きょうみ》を引いたとわかり、ぼくの口はなめらかに動いた。

「マコちゃんはさとるをたたきました。肩《かた》パンチっていうんです。マコちゃんはよくそういうことをするんです。あのとき、さとるはすごく痛《いた》そうでした」

ぼくは、悪くない。

「鷹部屋《たかべや》くんが、日常的《にちじょうてき》に浦田《うらた》くんをいじめていると言うんだね？」

食い入るように見つめてくる教頭先生《きょうとうせんせい》の視線《しせん》を感じながら、ぼくはさっき凪《なぎ》が言ったことを思いかえしていた。

——さとるくんは鷹部屋《たかべや》くんのこと大好《だいす》きなんです。それに、鷹部屋《たかべや》くんは、いじめなんてする人じゃありません。

いつもとはちがう、弱々しい凪《なぎ》の声を聞いて、はっきりとわかったことがある。

ぼくは凪《なぎ》に、あんなふうにマコちゃんをかばってほしくなかったんだと。

「はい」

ぼくは教頭先生《きょうとうせんせい》の目を見つめかえして、うなずいた。

9　つむじが二つ

週のまん中、水曜日が始まった。

朝から、ため息が止まらない。

顔を洗《あら》うとき。朝ごはんのとき。登校中も、学校に着いてからも止まらない。

――光るメガネ。灰色《はいいろ》の瞳《ひとみ》にじっと見つめられ、ぼくは口を開く。

その光景《こうけい》を思い出すたびに「……はあ」。深いため息をついてしまう。

そんなぼくをよそに、五年二組にはふだんどおりの時間が流れていた。まるで、きのうの聞き取り調査《ちょうさ》なんてなかったように。マコちゃんもさとるもふだんと変《か》わらなかった。

それも、給食《きゅうしょく》が終わりにさしかかったところで終わることになる。午前中お休みしていた田沢《たざわ》くんが、突然《とつぜん》教室の戸を開けて入ってきたのだ。

どさりと音をたてて自分のバッグを机《つくえ》に置《お》くと、田沢《たざわ》くんはマコちゃんの手元を指さし、こう言った。

「そのロールキャベツ、おれのだから」

ちょうど、おかわりジャンケンでブーに勝利《しょうり》したマコちゃんが、自分のお皿にロールキャベツをよそったときだった。田沢《たざわ》くんは少しふるえているようだったけど、決してマコちゃんから目をそらさない。

張《は》りつめた空気のなか、マコちゃんがふいに、ロールキャベツがのったお皿を田沢《たざわ》くんに差《さ》しだした。

「いる？」

「やるよ。おまえ、腹減《はらへ》ってんだろ」

すぐに田沢《たざわ》くんは答えた。ふるえ声だったとはいえ、はっきりとマコちゃんに向かって、「おまえ」と言ったのだ。

聞いたこともない田沢《たざわ》くんの言い方に、マコちゃんは一瞬《いっしゅん》、鼻にしわを寄《よ》せたけど、それだけだった。「あ、そ」と言うと、自分の席《せき》にもどり、ロールキャベツを一口で平らげてしまった。

みんなが、ほっとしたのは言うまでもない。ただ、あまりにもあっさりとしたマコちゃんの行動は、かえって不気味《ぶきみ》で、教室の中には妙《みょう》な緊張感《きんちょうかん》がただよった。

きっかけは、見なれた光景《こうけい》だった。

あまりにも自然《しぜん》に、マコちゃんが田沢《たざわ》くんのバッグを取りあげたから、ぼくや、サイクロンハンマー組の連中《れんちゅう》、当の田沢《たざわ》くんでさえ、しばらく反応《はんのう》することができなかった。

「おおし。今日はいい天気だから、校庭でサイクロンハンマーするぞ。やっぱ、おまえのバッグはいいな。手にしっくりくるもんな。田沢《たざわ》、おまえもたまには、おれに勝ってみろよ」

田沢《たざわ》くんは、怒《おこ》るというより、あっけにとられた顔でマコちゃんを見あげた。

「お、おまえ、何考えてんだよ？　そんなことして、どうなるかわかってんのかよ？」

立ちあがって、「返せよ」と、マコちゃんがつかんでいるバックに手を伸《の》ばした。

だけど田沢《たざわ》くんが手を伸《の》ばすたびに、マコちゃんは素早《すばや》くバッグを引っこめたり、体を反転させたりするから、田沢《たざわ》くんはバッグをつかめない。

何度か空振《からぶ》りをしたあと、「ちっ」と、田沢《たざわ》くんは小さく舌打《したう》ちをした。

「いいかげんにしろよな」

田沢《たざわ》くんの声は、さっきのようにふるえていなかった。すわった目でマコちゃんをにらみつける。

「そんなにこのバッグがほしいなら、自分のを買ってもらえよ」

「ほしいわけじゃねえよ」

「じゃあ、なんなんだよ？　なんでおれのバッグばっか、目の敵《かたき》にすんだよ！」

田沢《たざわ》くんとしては当然《とうぜん》の疑問《ぎもん》だったし、ぼくも理由をずっと聞きたかった。

田沢《たざわ》くんの質問《しつもん》に、マコちゃんは答えなかった。なんの感情《かんじょう》も読み取れない顔で、田沢《たざわ》くんのバッグをブラブラさせている。

「ちっ！」と、今度は、はっきりと聞こえるように、田沢《たざわ》くんは舌打《したう》ちをした。まわりを見て、黒田《くろだ》くんに目くばせをした。

「ま、いいや。どっちにしろ、もうおまえ終わりだよ。教頭先生《きょうとうせんせい》に言いつけてやる。おれのバッグを取りあげて、返さないってな。こんなに証人《しょうにん》がいるんだから、とぼけたってむだだからな」

いつもだったら、「やめなさいよ！」とか言って、凪《なぎ》が止めに入ってもいい場面だった。だけど今日の凪《なぎ》は、両手を握《にぎ》りしめて、成《な》り行《ゆ》きを見守っているだけだ。そんな凪《なぎ》に、ぼくはなぜかイラッとした。

「ついでだから教えてやるけど、きのうの聞き取り調査《ちょうさ》では、クラスの半分以上《いじょう》が、おまえがさとるをいじめてるって言ってるんだからな」

田沢《たざわ》くんはきっと、学校から報告《ほうこく》を受けたお父さんから聞いたのだろう。

「みんな、おまえにはうんざりなんだ。黒田《くろだ》も、安西《あんざい》も、中野《なかの》も、おまえが子分だって思いこんでるさとるや鈴木《すずき》だって、おまえのわがままをずっとがまんしてんだよ。それはおまえの暴力《ぼうりょく》がこわいからで、おまえを認《みと》めてるからじゃない。その証拠《しょうこ》に、鈴木《すずき》だって、おまえがさとるをいじめてるって言ったんだぞ！」

いきなりうしろから、頭をぶんなぐられたように感じた。

みんなの視線《しせん》が、ぼくに集中する。なかでも凪《なぎ》の視線《しせん》は恐《おそ》ろしいほど冷《ひや》やかで、ぼくは、あの瞳《ひとみ》の色がフィンランドの氷河《ひょうが》の色でもあることを思い知った。

「最低《さいてい》」

だれかのつぶやきが聞こえ、全身から冷《ひ》や汗《あせ》がふきでてくる。

おそるおそる視線《しせん》を上げると、マコちゃんがぼくを見つめていた。

——育人《いくと》、うそだよな？

目で問いかけてくる。

けれども、答えようと開いたぼくの口からは、何も出てこなかった。

長いまつ毛が一瞬《いっしゅん》だけ伏《ふ》せられ、次に顔を上げたとき、マコちゃんはもう、ぼくを見てはいなかった。口元にうす笑《わら》いを浮《う》かべ、ぎょろんと見開いた目を田沢《たざわ》くんに向けていた。熱《ねつ》に浮《う》かされたようにしゃべりつづける田沢《たざわ》くんに、ジリジリと近づいていく。

田沢《たざわ》くんは、別《べつ》のことをまくしたてていた。マコちゃんの家が貧乏《びんぼう》だとか、それはマコちゃんのお父さんが働《はたら》いていないからだとか、ぼくたちの世界とは関係《かんけい》ないことを。

凪《なぎ》が「もうやめて！」と叫《さけ》んだ瞬間《しゅんかん》、マコちゃんが田沢《たざわ》くんに飛《と》びかかった。なぐろうとして、それができなかったのは、そばにいたブーがマコちゃんを突《つ》き飛《と》ばしたからだ。

ブーはさらに「かーんにーんぶくろのおーがきれたー！」と叫《さけ》び、田沢《たざわ》くんも突《つ》き飛《と》ばした。マコちゃんは、ぐるんと転がって受け身をとったけど、田沢《たざわ》くんはまともにひっくりかえってしまった。

床《ゆか》に倒《たお》れたまま泣《な》きわめく田沢《たざわ》くんに、おそいかかろうとするマコちゃんを、ブーが羽交《はが》いじめにする。女子たちが悲鳴《ひめい》をあげ、男子たちはむやみに騒《さわ》ぎたてていた。

マコちゃんがするどく体を回転させ、ブーの腕《うで》をすりぬけた。恐怖《きょうふ》で目を見開いた田沢《たざわ》くんにふたたび突進《とっしん》する。二人がひとかたまりになる寸前《すんぜん》に、だれかが二人の間に飛《と》びこんだ。

さとるだった。

「今だ！　引きはなせ！」

ブーのかけ声で、何人かの男子たちが、もみあって転がる三人をとりおさえた。

荒《あら》い息づかいのマコちゃんと、青ざめた顔の田沢《たざわ》くん。さとるは、うつむいたまま床《ゆか》に座《すわ》りこんでいる。

騒《さわ》ぎに気づいた先生たちが集まってきた。

マコちゃんは町村《まちむら》先生に、田沢《たざわ》くんは教頭先生《きょうとうせんせい》に連《つ》れて行《い》かれた。ブーは、二人を突《つ》き飛《と》ばしたのは自分だと、歌岡《うたおか》先生に説明《せつめい》している。

その混乱《こんらん》した様子をながめていて、ふと、さとるのひじから血が出ていることに気づいた。

消毒《しょうどく》して絆創膏《ばんそうこう》を貼《は》らなきゃならない。ばい菌《きん》が入ったら大変《たいへん》だ。

さとるに「だいじょうぶ？」と声をかけた。けがをしていないほうの腕《うで》を取って、保健室《ほけんしつ》に連《つ》れて行《い》こうとすると、さとるは乱暴《らんぼう》にぼくの手を振《ふ》りはらった。

「育人《いくと》、きらい！」

涙《なみだ》が盛《も》りあがったさとるの目を見て、ようやくぼくは、自分が何をしてしまったのか気づいた。

きのうのぼくはどうかしていた。教頭先生《きょうとうせんせい》がノートに書きこんでいる内容《ないよう》が恐《おそ》ろしかったし、凪《なぎ》がマコちゃんをかばっていたのが、どうしようもなく、くやしかった。

でも、そんなことは言いわけに過《す》ぎない。どんな理由があったにせよ、ぼくはマコちゃんを裏切《うらぎ》った。ぼくは、とりかえしのつかないことをしてしまったのだ。

――そうだ。さとるは正しい。

ぼくも、ぼくがきらいだ。うんざりする。

○

朝起きて最初《さいしょ》に思ったことは、「まだ木曜日？」だった。

あと二日も学校に行かなければならない。

朝ごはんを半分残《のこ》したぼくは、頭にドナドナを流しながら、学校に向かった。おそるおそる五年二組の戸を開くと、予想《よそう》どおり、いくつもの冷《つめ》たい視線《しせん》が、ぼくをつらぬいた。

ぼくとマコちゃんが、幼稚園《ようちえん》のころからの幼《おさな》なじみだということは、みんな知っている。なんだかんだでいっしょにいることも多いし、そんなぼくたちは、はたから見れば仲《なか》のいい友だちのように映《うつ》っていただろう。

――友だちを裏切《うらぎ》ってはいけない。

だれでも知っている鉄板ルール。ぼくはそのルールを破《やぶ》った最低人間《さいていにんげん》になってしまった。

席《せき》に着いたぼくに、海音《あまね》はいつもの調子で声をかけてきた。

「おはおは。よく来たね」

「来ちゃいけないみたいな言い方すんなよ」

「育人《いくと》っち、大ピンチだね。でもしょうがないよね。自業自得《じごうじとく》だもんね」

「……わかってるよ」

海音《あまね》の言葉は辛《しん》らつだったけど、腹《はら》は立たなかった。本当のことだったし、ひと声かけてくれたことで、少し救《すく》われた。考えてみれば、この状況《じょうきょう》でぼくに声をかけるのは、いくら海音《あまね》でも勇気《ゆうき》がいることだっただろう。

ちらっと目をやると、マコちゃんと田沢《たざわ》くんの席《せき》がまだ空っぽだった。もうすぐチャイムが鳴ってしまう。

「マコちゃん、間に合うかな？」

「さあね」そっけなく海音《あまね》は言った。

「皆勤賞《かいきんしょう》、ダメになっちゃうよ」

なぜかそんなことが気になっていた。無遅刻無欠席《むちこくむけっせき》。五年生になっても皆勤賞《かいきんしょう》を続《つづ》けていたのは、マコちゃんとさとるだけだった。

「ああ……そうなんだ」

海音《あまね》が答えたのと同時に、チャイムが鳴って教室の扉《とびら》が開いた。かすれた「おはようございます」の声とともに、歌岡《うたおか》先生が入ってくる。

黒板の前に立った歌岡《うたおか》先生は、少し間を取り、意を決したように話しだした。

「みなさん知ってのとおり、きのう、このクラスで暴力《ぼうりょく》がありました。関《かか》わったのは鷹部屋《たかべや》くんと谷口《たにぐち》くん、暴力《ぼうりょく》を振《ふ》るわれたのは田沢《たざわ》くんです。止めようとした浦田《うらた》くんは、腕《うで》をすりむいてしまいました」

歌岡《うたおか》先生は丁寧語《ていねいご》を使う。いつもはやわらかく聞こえるその言い方が、今日はとてもかたく聞こえた。教室はしんとしたままだ。

「幸《さいわ》い、だれにも大きなけがはありませんでしたが、田沢《たざわ》くんはだいじをとって、今日はお休みします」

そこで、先生はブーのほうを見つめた。

みんなの視線《しせん》もブーに集まる。

クラスじゅうの視線《しせん》を受けとめて、よく日焼《ひや》けしたブーの顔は血がのぼって、耳までどす黒くなっていた。玉のような汗《あせ》がおでこに浮《う》いていて、たらたらと流れはじめている。それでもブーは下を向きはしなかった。

「暴力《ぼうりょく》はいけないことです。ですから、谷口《たにぐち》くんはきのう、田沢《たざわ》くんにあやまりました」

教室のあちこちで「ほっ」と息をつく音が聞こえた。ブーに、となりの女子がハンドタオルを渡《わた》した。ブーはそれをひっつかんでガシガシ顔をふき、そのまま返そうとしたけど、「あげるから」と言われていた。

「暴力《ぼうりょく》はいけないことです」

みんなが前を向くのを待って、先生はもう一度言った。こめかみのあたりが少し青白い。いつもはやわらかくふくらんでいるまゆがハの字になっていて、ぼくにはそれが泣《な》くのをがまんしているように見えた。

「先生は、それを、みなさんにちゃんと伝《つた》えることができていませんでした。ごめんなさい」

歌岡《うたおか》先生は、深く頭を下げた。

ぼくは、先生の頭につむじが二つあることを初《はじ》めて知った。ぼくと同じだ。

朝の会は終わった。一時間目は国語の授業《じゅぎょう》だ。ぼくは机《つくえ》の中から教科書を引っぱりだし、空っぽのマコちゃんの席《せき》をふりかえった。

――皆勤賞《かいきんしょう》は、おれたちだけだもんなあ！

そう言って、マコちゃんとさとるが肩《かた》を組んでいたのを思い出した。

それは、めずらしくマコちゃんが風邪《かぜ》をひいたときのことだった。

鼻水が止まらなくなったマコちゃんは、「おれの父ちゃんも小学校皆勤賞《かいきんしょう》だったんだ。だからおれも、ぜってえ学校休まねえんだ」と言い、ねじったティッシュを両方の鼻の穴《あな》につめていた。

この技《わざ》を、マコちゃんはさとるにも教えた。いちいち鼻をかまなくてすむし、ティッシュの節約《せつやく》にもなるんだと言って。

それなのに、マコちゃんは学校を休んでしまった。

ふと見ると、明るい窓《まど》をバックにして、凪《なぎ》がマコちゃんの席《せき》を見つめていた。

逆光《ぎゃっこう》で、凪《なぎ》の瞳《ひとみ》の色はよくわからなかった。

10 ババーンと解決《かいけつ》？

「あ、レタス」

放課後《ほうかご》、ウサギ小屋の様子を見にきたぼくは、いつもとはちがう光景《こうけい》に、小屋の手前で立ちどまった。ウサギ小屋の外に置《お》かれているピースケの皿には、いつものえさではなくレタスが入っていて、みずみずしいグリーンを光らせている。

そして、ウサギ小屋の中にはさとるだけじゃなく、凪《なぎ》と海音《あまね》もいた。

ぼくに気づいた海音《あまね》が、こっちに来いと手まねきをする。近づいていくと、ピースケの皿を指さした。

「それ、ピースケのおやつ。掃除《そうじ》が終わったらあげるんだ。今日はウサギ係が二人ともお休みだからね。歌岡《うたおか》先生にピースケのごはんを持って行ってもいいですかって聞いたら、給食《きゅうしょく》室《しつ》からもらってきてくれたの。ちゃんとしたごはんは、もう歌岡《うたおか》先生があげたって」

「ちょっと、海音《あまね》！　ピースケのごはんのことは、わたしが最初《さいしょ》に気がついたんだよ。歌岡《うたおか》先生に言いに行ったのもわたし」

「あれ、そうだっけ？」

「気にしてくれてありがとうって歌岡《うたおか》先生が言うから、当然《とうぜん》ですって答えたの。わたし、学級委員だからね」

海音《あまね》と凪《なぎ》は、意識《いしき》して明るくふるまっているようだった。

「ほら、鈴木《すずき》くんも入って。今日はみんなウサギ係だよ」

「マコりんと田沢《たざわ》っちのぶん、働《はたら》いてよね」

四人も入ると、ウサギ小屋の中は、かなりせまく感じる。竹ぼうきを動かす女子二人のじゃまにならないよう、ぼくはちりとりを持って、すみっこのほうへ移動《いどう》した。

きのうから、さとるとは口をきいていない。はっきり「きらい」と言われたので、顔を合わせるのが気まずかった。それは、さとるも同じだったのかもしれない。さとるは、ぼくとは目を合わせず、せっせとピースケをブラッシングしていた。

「ほら、こっち」海音《あまね》の声で、われにかえった。

「え？」

「ちりとりだよ、ちりとり」

ぼくがあわてて、海音《あまね》の方へちりとりを構《かま》えると、海音《あまね》はピースケのフンを掃《は》きいれながら、ぼそりとつぶやいた。

「あたしさあ、田沢《たざわ》っちの気持ちわかる」

「わかるって、何が？」

すぐに反応《はんのう》した凪《なぎ》の口調《くちょう》は冷《ひや》やかだった。凪《なぎ》はまちがいなく、田沢《たざわ》くんに対して怒《おこ》っている。

聞き取り調査《ちょうさ》の結果《けっか》をみんなの前で暴露《ばくろ》したのはまだいい。これまでの仕打ちを考えれば、マコちゃんへのシカトを企《たくら》んだのも無理《むり》はない。だけど、マコちゃんの家の事情《じじょう》まで言いだしたのは、よくなかった。

越《こ》えてはいけない一線を越《こ》えてしまったせいで、田沢《たざわ》くんは、クラスのほとんど全員の反《はん》感《かん》を買い、築《きず》かれつつあった田沢《たざわ》くんへの同情的《どうじょうてき》な空気はあっさり消《け》し飛《と》んだ。

「そりゃね、田沢《たざわ》っちの言ったことは、許《ゆる》せないよ。あたしだって自分の親のこと、悪く言われたら腹立《はらた》つもん。でもね、そう言いたくなる田沢《たざわ》っちの気持ちはわかるよ。毎日毎日、あんなふうにされたらどう？　あんたたち、がまんできるの？」

「だからって……」

「勘《かん》ちがいしないで。あたしは、田沢《たざわ》っちが悪くないなんて言ってないんだよ。でもさ、なんていうか……」

海音《あまね》は何かを探《さが》すように、むきだしのトタン屋根に視線《しせん》をさまよわせた。

「もう限界《げんかい》だったんだよ、田沢《たざわ》っちは。追いつめられたら、だれだって普通《ふつう》じゃいられない。あたしはそう思うよ」

ぼくは昇降口《しょうこうぐち》でシカトを持ちかけてきたときの田沢《たざわ》くんを思い出した。暗い天井《てんじょう》の下で、薄《うす》いくちびるをひくひくさせていた。今ならわかる。あのときの田沢《たざわ》くんは必死《ひっし》だったんだって。

「わたしはさ、鷹部屋《たかべや》の気持ちがわかるよ」

じっと海音《あまね》の話を聞いていた凪《なぎ》が、静《しず》かに口を開いた。

「いつも何かに怒《おこ》ってる。どうにもならないことを持《も》て余《あま》してる。わたしといっしょ」

「どういうこと？」

「そのままの意味だよ。どうにもならないことって、世の中にいっぱいあるじゃん。鷹部屋《たかべや》だったらお父さんのこと。わたしだったら自分の見た目のこと」

海音《あまね》はまじめな顔でうなずいたけど、ぼくには、凪《なぎ》の言いたいことがさっぱりわからなかった。

「なんで？　見た目って……なんで？」

「育人《いくと》っちってさ、そういうとこあるよね。まわりが見えてないっていうか。自分のことで精一杯《せいいっぱい》っていうか」

海音《あまね》が信《しん》じられないというふうに言った。

「中身はガッツリ日本人なのに、髪《かみ》の毛《け》は金色だし、目は青いしさ。わたしって、基本的《きほんてき》に異物《いぶつ》なんだよね。いつもじろじろ見られるし、いじめみたいなことだってあった」

「ご、ごめん。全然《ぜんぜん》知らなかった」

「いいの。そう言ってくれるほうが気楽。だって、わたしのことを特別《とくべつ》に見てないってことでしょ」

さらりと言われて、胸《むね》の奥《おく》がぎゅっと痛《いた》んだ。

「いじめられたのはね、みんなとちがうから。でもね、わたしもみんなに合わせようとしなかったの」

「え？」

「顔が小さくて、手足が長くて、それから、いつもきちんとしていて、だれに対しても悪いことは悪いって言えて……」

凪《なぎ》は肩《かた》にかかる金髪《きんぱつ》をはらい、胸《むね》を張《は》って、ぼくを見つめた。

「みんなと同じなんていや。わたしは特別《とくべつ》なんだって思いたい。だってそうじゃなきゃ、わたし、みんなと見た目がちがうことを受け入れられないよ。あーあ、お父さんもお母さんも、いっそのこと、思いっきりグローバルな感じで育ててくれたらよかったって思うよ。お父さんなんか、フィンランドから出てきて、なぜかお寺とか作る大工さんになっちゃってさ。わたしなんて、この見た目でフィンランド語も英語《えいご》も全然《ぜんぜん》しゃべれないんだよ」

包《つつ》みかくさず告白《こくはく》する凪《なぎ》はすがすがしかった。

「鷹部屋《たかべや》もきっと同じだと思う。自分じゃどうしようもないことをいっぱい抱《かか》えて、それでも、そういうものに負けたくないんだと思う。だから、ああやって突《つ》っぱっちゃうんだ」

下町のほうへ引《ひ》っ越《こ》してから、急にマコちゃんは変《か》わっていった。わがままに。乱暴《らんぼう》に。そういうやり方でしか、マコちゃんが自分を保《たも》てなかったんだとしたら……ぼくは、マコちゃんのことを全然《ぜんぜん》わかっていなかったことになる。

「マコりんは、そんなに深くは考えてないっしょ。だって鼻くそほじって、くっつけてこようとするんだよ？　ありゃもう、原始人以下《げんしじんいか》だよ」

凪《なぎ》は声を出して笑《わら》った。

「そうかもね。いいかげんで、乱暴《らんぼう》で、自分勝手で……あと不潔《ふけつ》だし。ほんと無理《むり》。やっぱり鷹部屋《たかべや》きらいだわ」

「凪《なぎ》、きらい」

さとるが下くちびるを突《つ》きだしたのを見て、凪《なぎ》は「ごめんね、さとるくん」と笑《わら》った。そして、ターコイズブルーの瞳《ひとみ》を空に向ける。

「でもさ。もう、あんな顔するのは見たくない。あいつは、バカ笑《わら》いくらいがちょうどいいんだ」

そっと、風に乗せるような言い方で、凪《なぎ》の思いが伝《つた》わってきた。

――凪《なぎ》はマコちゃんのことが好《す》きなんだ。

うすうす感じてはいたけれど、いざ、それがはっきりわかると、予想以上《よそういじょう》の衝撃《しょうげき》だった。

「そうだね、マコちゃんにはバカ笑《わら》いくらいがちょうどいい……」

笑《わら》って言ったつもりだけど、ぼくの声はちょっとごまかせないくらいふるえていた。お腹《なか》の下に力を入れて、もう一度ぼくは笑《わら》おうとした。できただろうか。

海音《あまね》はそんなぼくを見て、ため息をついた。

「悪いね。今、言うことじゃないのはわかってるんだけどさ、心を鬼《おに》にして言わせてもらうよ。ねえ、育人《いくと》っち」

「……なんだよ」

やっとのことで返事をしたぼくの鼻先に、海音《あまね》は人差《ひとさ》し指《ゆび》を突《つ》きつけてきた。

「自分でもわかってるでしょ、育人《いくと》っち？　かっこ悪いんだよ、きみは」

こ、こんなときになんてこと言うんだ。

「正直ショックだった。だって、鈴木《すずき》くんは……」

「凪《なぎ》は言わないで」

凪《なぎ》をピシャリとさえぎり、海音《あまね》はさらに続《つづ》けた。

「自分だけきれいな場所にいてさ、だまって突《つ》ったってるだけじゃダメなんだよ。何も守れないんだよ。そこそこ勉強ができたって、ドッジボールがうまくたって、そんなんじゃかっこ悪いだけだよ。少しはさとるんるんのことみならったら」

海音《あまね》の糸のように細められた目に射抜《いぬ》かれて、ぼくは言いかえすことができなかった。でも、なんでおまえにそんなこと言われなきゃなんないんだよ。しかも凪《なぎ》の目の前で。ああ、でも、もうそんなこと思ったってしょうがない。どうせ凪《なぎ》は、マコちゃんのことを好《す》きなんだから。

「ねえ、さとるんるんだって、このままでいいなんて思ってないでしょ？」

海音《あまね》は、さとるとぼくを意味ありげに見つめた。これ以上《いじょう》、何を言いだすつもりなんだ、こいつは。

「マコりんと田沢《たざわ》っちのこと。あんたたちさ、なんかうまいことやって、ババーンと解決《かいけつ》しちゃってよ」

「ババーンと解決《かいけつ》？　なんでぼくたちが……ぼくとなんの関係《かんけい》が……」

「あるよ。あんたたち友だちでしょ？　ってか、今まで何聞いてたんだよ？　はい、質問《しつもん》です。あたしたちは今どこにいるでしょう？」

「ウ、ウサギ小屋だけど」

「正解《せいかい》。そして、マコりんと田沢《たざわ》っちはウサギ係。あんたたち、ウサギつながりで関係大《かんけいおお》ありでしょ」

「そ、そんな強引《ごういん》な」

「は？　強引《ごういん》だからなんなのよ？　これ以上《いじょう》かっこ悪いこと言わないでくれる？」

「お願《ねが》い。できることは協力《きょうりょく》するから」

凪《なぎ》の顔は真剣《しんけん》そのものだ。頼《たの》むから、もう、そのまっすぐな瞳《ひとみ》をぼくに向けないでくれ。途方《とほう》に暮《く》れて、さとるを見ても、さとるはぼくを見ようとはしない。ピースケばかり見ている。でも、下くちびるは引っこんでいた。

ピースケがぴたんとはねた。網《あみ》の向こうのレタスのほうへ。

それを見た海音《あまね》が、ピースケに話しかける。

「あらぁ？　ピーポン。もちかちて、レタスほちいの？」

いきなりしゃべり方が変《か》わった海音《あまね》にぎょっとしつつも、ぼくは突《つ》っこんだ。

「ピー……ポン？　な、なんだよ、その呼び方は……」

「ああ、もう！　また、ぐじぐじ言って！　とにかく、ババーンと解決《かいけつ》、よろしくね。あんたたちに任《まか》せたからね。あと、ピーポンにレタスあげといて」

女子二人はそう言《い》い残《のこ》して、行ってしまった。

さとるもレタスをウサギ小屋に入れると、すぐに行ってしまった。最後《さいご》まで、ぼくとは目を合わさなかった。

一人になったウサギ小屋の中で、ぼくは叫《さけ》んだ。

「知るかよ！」

それは、ぼくにしてはめずらしい乱暴《らんぼう》な言葉づかいだった。でも、叫《さけ》んだあとに口の中に残《のこ》ったザラリとした感触《かんしょく》が、今のぼくには、しっくりきた。

11 うなれ！　クソアタック！

やっと金曜日になった。長かった一週間もようやく終わる。

海音《あまね》のやつは、「ババーンと解決《かいけつ》」とか言っていたけれど、こういうことはたいてい時間が解決《かいけつ》してくれるものだ。土日をはさめば、ほとぼりも冷《さ》め、みんななかったことになるかもしれない。そのためにもどうか、今日こそは何ごともありませんように。

そんなささやかなぼくの願《ねが》いは、朝からあっさりと裏切《うらぎ》られてしまった。

お父さんと登校してきた田沢《たざわ》くんが校長室に入って行くのを黒田《くろだ》くんが見たという。チャイムギリギリにやってきたマコちゃんは、教室の前で待ちかまえていた教頭先生《きょうとうせんせい》に連《つ》れて行《い》かれてしまった。

思わず立ちあがったぼくに、マコちゃんは「育人《いくと》、よろしく！」と言って、皮がボロボロになったペッタンコのランドセルを投げてよこした。

チャイムが鳴って教室に入ってきたのは、歌岡《うたおか》先生ではなく、学年主任《がくねんしゅにん》の町村《まちむら》先生だった。

一時間目は自習。漢字の書きとりをするという。町村《まちむら》先生も、プリントを配ると教室を出ていってしまった。

書きとりをする鉛筆《えんぴつ》の音が聞こえたのは最初《さいしょ》の五分だけで、すぐに教室はざわつきはじめた。みんな自分の席《せき》を離《はな》れて、情報交換《じょうほうこうかん》を始めている。

一番大きなグループの中心は事情通《じじょうつう》の黒田《くろだ》くんだ。黒田《くろだ》くんは、お母さんがＰＴＡの役員なので、みんなが知らない情報《じょうほう》をいち早く教えてくれる。それはいいんだけど、いちいちもったいつけるのがめんどうくさい。

「まあ、今回のことはやっぱり田沢《たざわ》が悪いんじゃね？　マコちゃんが田沢《たざわ》にやってたことはそれなりの理由があったってことだよ」

シカト仲間《なかま》に入っていたはずの黒田《くろだ》くんは、いつもどおり「マコちゃん」と言った。もう一度「それなりの理由がさ」とくりかえし、安西《あんざい》くんをチラッと見た。

安西《あんざい》くんがしぶしぶ「それなりの理由って、なんだよ？」と聞くと、黒田《くろだ》くんは大きく咳《せき》ばらいをして話しだした。

「おれ知ってんだ。田沢《たざわ》の父ちゃん、さとるをこのクラスから追いだそうとしてんだぜ。新学期が始まってからずっと、さとるを別《べつ》の学校に転校させろって言いにきてたんだ」

いきなり予想外《よそうがい》のことを言いだした黒田《くろだ》くんに、みんなとまどったけど、話の内容《ないよう》は聞《き》き捨《す》てならないものだった。

「何それ？　初耳《はつみみ》なんだけど。なんで、さとるが転校しなきゃなんないの？」

「ついて来れない授業《じゅぎょう》を無理《むり》やり受けさせるのは、さとるのためによくないんだってさ。まわりにも悪影響《あくえいきょう》があるらしい」

「悪影響《あくえいきょう》って、なんでだよ？」

「なんでって、わかんねーのかよ。さとるに合わせてたら授業《じゅぎょう》は進まねーし、おれらも気をつかったりするじゃん」

うそだ。さとるに合わせて、授業《じゅぎょう》が進まなかったことなんて一度もない。よくも悪くも、さとるはマイペースだ。自分のペースを乱《みだ》されないかぎり、さとるはだれにも迷惑《めいわく》をかけたりしない。おとなしく自分の世界にもぐりこんでいる。

今だって、自分のことを言われていることに気づいているのかいないのか、さとるはノートに顔を突《つ》っこむようにして、何かを書きこんでいる。

それに、黒田《くろだ》くんがさとるに気をつかっているのを見たことがない。得意《とくい》げに話しつづける黒田《くろだ》くんに、ぼくはだんだん腹《はら》が立ってきた。

「ほら、特別支援学級《とくべつしえんがっきゅう》ってあるじゃんか。それがある学校に転校させろって、田沢《たざわ》の父ちゃん相当しつこいらしいぞ」

新たな爆弾《ばくだん》の投下に、クラスじゅうが蜂《はち》の巣《す》をつついたような騒《さわ》ぎになった。

クラスのほとんどが、さとるには聞こえていない、あるいは気にしていないと決めつけて、しゃべっている。

一見《いっけん》、さとるの様子に変《か》わりはない。でも、よく見ると、さとるはさっきよりも深く、ノートに頭を突《つ》っこんでいる気がした。それに、ああ、そうだ、さとるの鉛筆《えんぴつ》の使い方がいつもとちがう。ギリギリ。グリグリ。ノートの裏側《うらがわ》に突《つ》きぬけるんじゃないかと心配になるくらい力を込《こ》めている。

そんなさとるを見ているうちに、神社でマコちゃんがさとるに宿題を書き写させたときのことを思い出した。

――やらないと、みんなといっしょにいられないもん。

さとるはたしかにそう言っていた。その理由が今、わかった。

宿題さえやっておけば、みんなといっしょにいることができる。さとるはそう考えているのだ。さとるは転校なんかしたくない。この高瀬《たかせ》小学校五年二組にいたいんだ。

ぼくは立ちあがった。

「もうその話、やめろよ」

黒田《くろだ》くんは一瞬《いっしゅん》むっとした顔をしたけど、ぼくが視線《しせん》を外さないでいると、気まずそうに笑《わら》った。

「ちがうんだ。さとるのことを言いたかったわけじゃなくてさ……。マコちゃんは、田沢《たざわ》のお父さんに、それをやめさせようとしてたんだ。それなのに田沢《たざわ》のやつ、全然協力《ぜんぜんきょうりょく》してくれなかったらしいんだよな。それでイライラしてたところに、あのバッグだろ？」

「あのバッグがどうしたんだよ？」

安西《あんざい》くんの問いかけに、黒田《くろだ》くんは驚《おどろ》いたようだった。

「え、知らないの？　あのバッグ、マコちゃんのお父さんがいたチームのやつだぜ。しかも優勝記念《ゆうしょうきねん》の限定品《げんていひん》。マコちゃんにしてみれば、なんていうんだろ、うらやましかったんだろうな」

黒田《くろだ》くんの言葉に、ぼくはがくぜんとした。

なんで、気づかなかったんだろう。

マコちゃんのお父さんは、地元のプロサッカーチームの選手《せんしゅ》だった。でも、ケガばかりで、レギュラーになることもできなかった。引退《いんたい》してから始めた仕事がうまくいかなくなって、マコちゃんの家族は二年前に下町に引《ひ》っ越《こ》した。そして、マコちゃんはあんなに好《す》きだったサッカーをやめてしまったんだ。

マコちゃんにとって、田沢《たざわ》くんのあのバッグはうらやましいなんて、そんな単純《たんじゅん》なものじゃない。きっと見たくもない、できればこの世から消え去ってほしいもののはずだ。

「ねえ、もうそれくらいにしたら」

「いない人のこと陰《かげ》でこそこそ言うの、超《ちょう》かっこ悪いんですけど」

「わ、わかったよ」

凪《なぎ》と海音《あまね》に言われて、黒田《くろだ》くんはようやく口をつぐんだ。

すいっと近よってきた海音《あまね》に小声で「育人《いくと》っち、グッジョブだよ」と親指を立てられたけど、ぼくはなんだかピンと来なかった。

○

二時間目が始まると、歌岡《うたおか》先生がマコちゃんと田沢《たざわ》くんを連《つ》れて、教室に入ってきた。田《た》沢《ざわ》くんはあの泣《な》き笑《わら》いの顔で。マコちゃんは口を真一文字《まいちもんじ》に結《むす》んでいた。

ざわつく教室のなか、マコちゃんは何ごともなかったように自分の席《せき》に座《すわ》ると、ぼくに向かって軽く手を振《ふ》った。きっと、ランドセルのことだろう。

「みなさん、お待たせしてすいませんでした。二時間目は国語です」

歌岡《うたおか》先生は、そう言って教科書を開いたけど、ぼくは歌岡《うたおか》先生の目が赤くなっていることに気づいていた。

二十分休み、あっという間に、マコちゃんのまわりに人が集まった。

その様子を見て、ぼくはほっとした。なんだかんだ言って、マコちゃんは人気者なんだ。

「マコちゃん、さっきのなんだったんだよ？　いきなり教頭先生《きょうとうせんせい》に連《つ》れて行《い》かれて、心配したんだぜ」

マコちゃんの顔色をうかがうように黒田《くろだ》くんが聞いた。

「なんか、歌岡《うたおか》先生、泣《な》いてたみたいだしさ……。やっぱ、あれ、田沢《たざわ》の親のせい？」

「別《べつ》になんてことねえよ。田沢《たざわ》の父ちゃんがあやまれって言うから、あやまった。そんだけ。歌岡《うたおか》先生をこまらせてもしょうがないだろ。な、田沢《たざわ》？　おまえのだいじなバッグで遊んじゃって悪かったな」

校長室には、校長先生と田沢《たざわ》くんのお父さんだけではなく、教頭先生《きょうとうせんせい》や歌岡《うたおか》先生、ほかにも大人がいたかもしれない。そんななか、たった一人で田沢《たざわ》くんにあやまったんだ。

それを、なんでもないことのように話すマコちゃんを、男子たちはあこがれの目で見ていた。

今までマコちゃんとは距離《きょり》を置《お》いていたクラスの女子たちまでもが、マコちゃんの話を聞こうと集まってくる。シカト寸前《すんぜん》までいっていたのがうそのようだ。

一方の田沢《たざわ》くんの席《せき》には、だれも近づかない。

「親が出てくるとか、おかしいだろ」

「マジそれな」

ないしょ話にしては大きめの声だった。

田沢《たざわ》くんは、顔にあの泣《な》き笑《わら》いを張《は》りつかせて、目をキョロキョロと動かしている。田沢《たざわ》くんを取りかこむ悪意は、ちゃんと力のあるものとして、じわじわと田沢《たざわ》くんを削《けず》り取《と》っていった。

○

黒田《くろだ》くん情報《じょうほう》によると、今日の放課後《ほうかご》、来週行われる保護者説明会《ほごしゃせつめいかい》に向けて職員会議《しょくいんかいぎ》があるという。

寄《よ》り道《みち》をしないで早く帰るように、という歌岡《うたおか》先生の注意もあって、帰りの会が終わると、みんなクモの子を散《ち》らすように教室をあとにした。

一人で机《つくえ》をそろえおえたぼくは、教室の戸からそっと顔を出し、廊下《ろうか》に凪《なぎ》と海音《あまね》がいないことを確認《かくにん》してから、教室を出た。

マコちゃんと田沢《たざわ》くんを仲直《なかなお》りさせるなんて、無理《むり》に決まっている。ぼくはこの一週間、五年二組を引っかきまわした嵐《あらし》の中で、おぼれないようにするだけで精一杯《せいいっぱい》だった。

――このぐじゃぐじゃの状況《じょうきょう》で、いったい何ができるっていうんだよ？

ぼくは、昇降口《しょうこうぐち》を出て、真《ま》っ青《さお》な空を見あげた。

ひとつだけ心配ごとが消えた。今日は花壇《かだん》のレンガを外す必要《ひつよう》はない。

もう家に帰ろうと、ぼくは正門を出た。

フェンス沿《ぞ》いに並《なら》ぶプラタナスの影《かげ》の下を歩いていると、聞きおぼえのある声が聞こえてきた。

「やめてよお」

さとるの声だ。

フェンス越《ご》しに中をのぞくと、花壇《かだん》の中で黄色いバケツをかかえこんださとると、さとるを見おろす田沢《たざわ》くんが見えた。

「なんか変《へん》だと思ってたんだ。この前、鈴木《すずき》といっしょになって、こそこそやってたろ。たかがアリなんかのために花壇《かだん》こわしちゃって。やばいぞ、これ」

田沢《たざわ》くんは、花壇《かだん》の縁《ふち》からレンガを外すと、すごい形相でさとるに突《つ》きつけた。

「こんなことしていいと思ってんのかよ！　器物破損《きぶつはそん》だぞ！　犯罪《はんざい》だぞ！」

「キブツハソン？」

さとるは言われたことがわからないようだ。

「怒《おこ》られる？」

「怒《おこ》られるに決まってんだろ！　下手《へた》したら警察《けいさつ》に突《つ》きだされるぞ！」

「育人《いくと》も？」

「鈴木《すずき》も、おまえもだよ」

「いやだ」

そこで田沢《たざわ》くんは、何かを思いついたように目を細めた。

「わかったよ。そんなにいやなら、言わないでやるよ。ただし、今から言うことを、おまえが聞いたらの話だ」

「聞く。タジワくんの言うこと聞く」

さとるは立ちあがって、田沢《たざわ》くんの手をにぎろうとした。田沢《たざわ》くんはさとるが前に出たぶんだけうしろに下がったから、さとるの手は何もにぎれなかった。

「鷹部屋《たかべや》にいじめられてるって言え。歌岡《うたおか》先生に、いや、教頭先生《きょうとうせんせい》に直接《ちょくせつ》だ」

田沢《たざわ》くんの顔は、苦しそうにゆがんでいる。

木の影《かげ》が急に濃《こ》くなった。その下にいたぼくまで黒く塗《ぬ》りつぶされそうだった。

「おまえ、鷹部屋《たかべや》にいじめられてんだぞ。おまえが気がつかないだけだ。おれは本当のことを言えって言ってるだけだ。花壇《かだん》のこと、言いつけられたくなかったら言うんだ。鷹部屋《たかべや》にいじめられてるって言え。言え！　言えってば！」田沢《たざわ》くんが叫《さけ》びつづける。

さとるのまわりには、ほとんど二種類《にしゅるい》の人間しかいなかった。

さとるのことを最初《さいしょ》からバカにして、関《かか》わろうともしない田沢《たざわ》くんのような人間と、心《こころ》の底《そこ》では同じように思っていても、いい子ぶってさとるに手を貸《か》したりする、ぼくのような人間だ。

でも、マコちゃんはちがった。さとるをほかのみんなと同じようにあつかった。わがままを言い、乱暴《らんぼう》をし、好《す》きなときに遊ぼうぜと声をかけた。

本当は、ぼくにもわかっている。さとるがマコちゃんを好《す》きで、ぼくをきらう理由を。

――さとる。いやだって言えよ。花壇《かだん》をこわしたのは、ぼくだ。だいじょうぶ。さとるは怒《おこ》られたりしない。

さとるは、悲しそうに首を横に振《ふ》った。

「どっちもいや」

「な……」

「笑《わら》う。タジワくん笑《わら》う。その顔きらい」

さとるは田沢《たざわ》くんに近づいた。そして、田沢《たざわ》くんのほっぺたに両手をそえようとする。その手をふりはらって、田沢《たざわ》くんは叫《さけ》んだ。

「だから、タジワってだれだよっ！」

田沢《たざわ》くんは、さとるを押《お》しのけ、アリの巣《す》を踏《ふ》んづけた。そのままグリグリと踏《ふ》みにじる。

「やめてえ！　やめてよお！」

さとるが田沢《たざわ》くんの足にすがりついた瞬間《しゅんかん》、ぼくはかけだしていた。

正門をくぐり、昇降口《しょうこうぐち》の前をかけぬけ、校庭をななめに突《つ》っきった。

花壇《かだん》に着くと、なぜか田沢《たざわ》くんが花壇《かだん》の中に倒《たお》れこんでいた。

「あ……」

心のどこかで願《ねが》っていたのかもしれない。花壇《かだん》の前には、マコちゃんが立っていた。

「お、おまえ、今、け、けったな」

「さとるをいじめるやつは、ゆるさねえ」

無表情《むひょうじょう》で言うと、マコちゃんは、投げだされた田沢《たざわ》くんのバッグをひろいあげた。チャックを開けてそれを逆《さか》さにすると、教科書やノート、ペンケースが土の上に落ちた。

「今日の朝、教頭先生《きょうとうせんせい》に言われたろ。次、暴力事件《ぼうりょくじけん》を起こしたら、教育委員会《きょういくいいんかい》に報告《ほうこく》しなくちゃならないって。鷹部屋《たかべや》、おまえ、この学校にいられなくしてやるぞ」

「ああ」

「先生たちは、おまえの言うことなんか信《しん》じないからな」

「関係《かんけい》ねーよ。おまえがさとるのことをいじめてたなんて、おれ言わねーし。はは。安心して言いつけろよ」

マコちゃんは、どこかおかしかった。妙《みょう》に落ちついていて、そのくせ、ひどくあぶなっかしく見えた。

「おまえの父ちゃんに言われたんだ。『親が親なら子も子だ』って。大人はおれをそうやって見てんだろ。今さら、おまえが何をどう言おうが、変《か》わらねーよ」

マコちゃんは足を一歩前に踏《ふ》みだした。プラスチックのペンケースが割《わ》れる音がひびいた。

「でもな、おまえがクソなのは、おれが知ってる」

そう言いながら、マコちゃんは鉛筆《えんぴつ》を一本ひろった。ウサギ小屋へ向かい、その前に置《お》いてあったバケツの中をかきまわしはじめた。持ちあげた鉛筆《えんぴつ》の先には、レーズンチョコのような丸いかたまり、ピースケのフンがついていた。

「クーソのおっまえはクッソ食べろっ」

変《へん》な節《ふし》をつけて歌ったマコちゃんは、いきなりそれを田沢《たざわ》くんの鼻先に突《つ》きだした。

「うえっ！」

逃《に》げようとした田沢《たざわ》くんの足を、マコちゃんが素早《すばや》く引っかけた。

ひっくりかえってしまった田沢《たざわ》くんは、足がもつれて、なかなか起きあがることができない。

その頭を、マコちゃんがつかんだ。

「クーソのおっまえはクッソ食べろっ」

「や、やめろ。やめてっ……やめてくれよ。うっ、うわあああ！」

田沢《たざわ》くんの悲鳴《ひめい》を聞いて、マコちゃんは笑《わら》った。

ピースケのフンが、田沢《たざわ》くんの顔に近づいていったそのとき。

「んんんんんんんんんん！」

うなり声をあげながら、さとるが、マコちゃんに向って、頭から突《つ》っこんでいった。

マコちゃんはかんたんにさとるの突進《とっしん》をよけたけど、そのひょうしに鉛筆《えんぴつ》の先からフンが吹《ふ》っとんだ。

さとるは、前につんのめって転んだ。すぐに立ちあがって、田沢《たざわ》くんをかばうように両手を広げて、マコちゃんに向きなおる。

「さとる？」

マコちゃんは、さとるが何をしたのか、わからなかったようだ。

「マコちゃん、きらい」

「さとる。おれ、おまえのためにやってんだぞ」

「マコちゃん、きらいーーーーー！」

鼓膜《こまく》がビリビリとふるえた。とんでもない大声だ。

初《はじ》めて見る、さとるの本気の怒《いか》りだった。

マコちゃんが、おびえた犬みたいに歯をむいて、叫《さけ》びかえす。

「うっせえ、うっせえ、うっせえんだよ！　なんでそんなこと言うんだよ！　じゃ、おまえが食べろ！　こいつの代わりにクソ食べろ！」

マコちゃんは、キョロキョロと地面を見まわし、落ちたフンを探《さが》している。ひどい顔だ。

マコちゃんは、今にもこわれそうだった。

なんでこんなことになってしまったんだろう。

ぼくがマコちゃんを裏切《うらぎ》ってしまったからだろうか。きっとそれだけじゃない。マコちゃんに「田沢《たざわ》くんのバッグを投げるのをやめろ」と言えなかった。田沢《たざわ》くんに「シカトなんかやめろ」と言えなかった。こんなことになってしまう前に、ぼくには何度も二人を止める夕イミングがあったはずだ。

――だまって突《つ》ったってるだけじゃダメなんだよ。何も守れないんだよ。

海音《あまね》の言ったとおりだ。

さとるはマコちゃんのことが好《す》きで、凪《なぎ》もマコちゃんのことが好《す》きで、ぼくがどんなにさとるのめんどうを見てあげても、どんなに凪《なぎ》のことを思っても、たぶん、マコちゃんにはかなわなくて……。

なんで？　なんで、ぼくじゃなくて、マコちゃんなんだよ？

ああ、こんなときでもぼくは、自分のことばっかりだ。

いつの間にか、ぼくは三人の前に進みでていた。もう、何も考えてはいなかった。

「なんだよ、育人《いくと》」

マコちゃんが、ぼくに気づいた。

「おまえ、おれがさとるをいじめてるって言ったのかよ？　おまえ……おれのこと、ずっと……ずっと、そんなふうに思ってたのかよ！」

平気そうな顔をしてたけど、マコちゃんは全然《ぜんぜん》平気なんかじゃなかった。ひどく傷《きず》ついていたんだ。

ゆがんだマコちゃんの顔が、ぼやけて見える。

「やめろ、マコちゃん。そんな顔すんな」

そう言ったひょうしに、お湯みたいな鼻水がひと筋《すじ》、流れ落ちた。

「おまえ、何泣《な》いてんだよ？　なんで育人《いくと》が泣《な》いてんだよ？」

マコちゃんには答えず、ぼくはウサギ小屋に近づいた。

「クソは、ぼくだ」

バケツの中に手を突《つ》っこんだ。

にぎりこんだピースケのフンはやわらかくて、まだ少し温かい。

「クソは、ぼくだから」

「育人《いくと》、おまえ、何……」

次の瞬間《しゅんかん》、ぼくはクソな自分を、マコちゃんに投げつけていた。

何十粒《なんじゅっつぶ》ものクソ弾丸《だんがん》を、さすがのマコちゃんもよけることはできなかった。

「うわっ！」

ひっくりかえりながら、とっさに構《かま》えた田沢《たざわ》くんのバッグにぶつかって飛《と》び散《ち》る。

「ぼくが、クソなんだよっ！」

ダバダバと涙《なみだ》があふれてくる。それをぬぐおうとも思わなかった。

「わ、わかったよ」

しりもちをついたまま、マコちゃんは言った。もう、さっきの顔じゃなかった。

「こらーーー！」

アルトの声のほうに目を向けると、歌岡《うたおか》先生が走ってきていた。

「あんたらー！　なんばしよっとー！」

歌岡《うたおか》先生がこんな言葉を使ったのを初《はじ》めて聞いた。歌岡《うたおか》先生はたぶん九州の出身だ。両手をふりあげながら、すごいスピードで走ってくる。

ぼくは思わず空を見あげた。

雲ひとつない、底《そこ》の抜《ぬ》けたような青い空が、ぼくたちの上に広がっていた。

少し遅《おく》れてやってきた教頭先生《きょうとうせんせい》は、いきなりマコちゃんの腕《うで》をつかんだ。今朝《けさ》と同じように、事情《じじょう》も聞かずに連《つ》れて行《い》こうとする。

でも、今度は、歌岡《うたおか》先生がそれを許《ゆる》さなかった。

「当人《とうにん》どうしで向き合わなきゃ意味がないんです」

教頭先生《きょうとうせんせい》の前に立ちはだかった歌岡《うたおか》先生のことを、教頭先生《きょうとうせんせい》は縁《ふち》なしメガネをずりあげてにらみつけた。

「何をしているんだ。そこをどきなさい、歌岡《うたおか》先生」

「どきません」

「きみはまだ、なんにもわかってない。保護者《ほごしゃ》のことも、学校のことも、社会のことも。そんなことをしたって、どうにもなりませんよ。少しは考えてください」

「わかってないのは教頭先生《きょうとうせんせい》のほうではないですか？　今の教頭先生《きょうとうせんせい》のお言葉には、児童《じどう》のことが抜《ぬ》けています。そしてわたしには、この子たちの教育を行う責任《せきにん》があります」

「なんだと！」

教頭先生《きょうとうせんせい》が大声を出したけれど、歌岡《うたおか》先生はがんとして動かなかった。

「学校教育法《がっこうきょういくほう》第三十七条第十一項《だいじょうだいこう》。教諭《きょうゆ》は、児童《じどう》の教育をつかさどる」

いきなり予想外《よそうがい》のことを言われた教頭先生《きょうとうせんせい》は、目をむいて歌岡《うたおか》先生を見つめた。

「担任《たんにん》はわたしやけん」

九州弁《きゅうしゅうべん》で宣言《せんげん》した歌岡《うたおか》先生に、教頭先生《きょうとうせんせい》はもう何も言わなかった。

○

マコちゃん。さとる。田沢《たざわ》くん。ぼく。

先生といっしょに五年二組にもどってきたぼくたち四人は、椅子《いす》を丸く並《なら》べさせられ、それぞれ座《すわ》った。

いったん廊下《ろうか》に出て、ついてきた教頭先生《きょうとうせんせい》に何か声をかけると、歌岡《うたおか》先生は教室の戸をぴしゃりと閉《し》め、だれも入ってこられないよう戸の前に椅子《いす》を置《お》いた。

ぼくたちの輪《わ》に加《くわ》わった歌岡《うたおか》先生は、もうすっかり腹《はら》を決めたようだった。だれにも邪魔《じゃま》はさせないし、いつまでも、どこまでも話を聞くという感じだった。

しばらくすると、マコちゃんはぽつりぽつりと自分の言いぶんを話しはじめた。

田沢《たざわ》くんが持ってきたバッグは、昔お父さんがいたサッカーチームが、優勝記念《ゆうしょうきねん》で作ったアイテムで、そんなバッグを自慢《じまん》げに持ってきた田沢《たざわ》くんにムカついていた、悪いことをしているとはわかっていたけど、やめられなかったと。

それから、マコちゃんはお父さんのことを話しだした。一生懸命《いっしょうけんめい》練習したけど、ケガばっかりで、一度も試合《しあい》に出ることなく引退《いんたい》したんだと。

ぼくも覚《おぼ》えていた。幼稚園《ようちえん》に通っていたころのマコちゃんは、「今度父ちゃんの出る試合《しあい》に連《つ》れて行《い》ってもらうんだ」と、よく自慢《じまん》していた。

小学校の入学式のとき、マコちゃんのお父さんは、まわりのお父さんと全然《ぜんぜん》ちがった。背《せ》中《なか》が広くて、歯がめちゃくちゃ白かった。

ちょうど、マコちゃんのお父さんが、会社を始めたころだ。だけど、ぼくたちが三年生になる前に、マコちゃんのお父さんの会社はつぶれてしまった。それ以来《いらい》、ぼくはマコちゃんのお父さんを見たことがない。

つっかえつっかえ話しおえると、最後《さいご》に、マコちゃんはしぼりだすように言った。

「おれ、父ちゃんに……もう一度、がんばってほしい」

それを、田沢《たざわ》くんはうなだれて、聞いていた。ポケットからお父さんのブランドのハンカチを出して、何度もおでこの汗《あせ》をぬぐっていたけど、ぼくは田沢《たざわ》くんがいっしょに涙《なみだ》をふいていたことに気づいていた。

田沢《たざわ》くんは悪いやつじゃない。絵を見ればわかる。

ぼくは田沢《たざわ》くんのお父さんに、この田沢《たざわ》くんを見てほしいと思った。

最後《さいご》に、マコちゃんは田沢《たざわ》くんにあやまった。田沢《たざわ》くんはさとるに、ぼくはマコちゃんと田沢《たざわ》くん、そしてさとるにあやまった。そうしたいと思ったのだ。

ようやく教室から出てくると、田沢《たざわ》くんのお母さんが、教頭先生《きょうとうせんせい》といっしょに教室の外で待っていた。

廊下《ろうか》が黄金色《こがねいろ》に染《そ》まっている。

ななめに射《さ》しこむ光に照《て》らされた田沢《たざわ》くんの背中《せなか》は、ずいぶん小さく見えた。その背中《せなか》を、お母さんがゆっくりさすっているのを見て、ぼくはなんだかほっとした。

「マコちゃん」

さとるの声に振《ふ》りむくと、どこから持ってきたのか、さとるは胸《むね》の前にティッシュの箱を抱《かか》えていた。

「はい」

箱から大量《たいりょう》にティッシュを引っぱりだし、マコちゃんに差《さ》しだす。

「サンキュ」

花束《はなたば》みたいになったティッシュを受けとったマコちゃんは、思いっきり鼻をかむと、にやりと笑《わら》ってぼくを見た。

「育人《いくと》。ついに必殺技《ひっさつわざ》を編《あ》みだしたな」

「必殺技《ひっさつわざ》?」

「クソアタック。ありゃよけらんねえ。すげえ必殺技《ひっさつわざ》だ」

「育人《いくと》、すごかった」

さとるの瞳《ひとみ》に金色の光が射《さ》しこんでいた。

「育人《いくと》、好《す》き」

満面《まんめん》の笑顔《えがお》でそう言った。

うれしかった。ぼくは、さとるにそう言われたかったんだと、ようやくわかった。

12 ぼくたちの明日

教室の窓《まど》から、入道雲《にゅうどうぐも》が見えた。

やる気にあふれて、七月の空にそびえ立っている。

今日は終業式。五年生の一学期が終わろうとしている。

窓《まど》が閉《し》まっていても、蝉《せみ》の声は聞こえていた。バイクが遠ざかっていく音に、踏切《ふみきり》が鳴る音。それに、夏休みの予定を言いあう声が加《くわ》わって、教室はいつも以上《いじょう》に騒《さわ》がしかった。

チラリと目をやると、マコちゃんは、机《つくえ》の裏《うら》に鼻くそをなすりつけていた。次の席替《せきが》えで、あの机《つくえ》を使うことになるやつに、ぼくはこの事実を伝《つた》えたほうがいいのだろうか？

防災無線《ぼうさいむせん》が鳴った。朝からいなくなってしまったおばあさんをさがしているという。ぼくは、そのおばあさんには、さがしてくれるだれかがいるんだと思った。

それはきっと、とてもいいことなんだろう。

○

「遅《おそ》いじゃん、育人《いくと》っち」

目ざとくぼくを見つけた海音《あまね》が言った。

「遅《おく》れたぶん、ちゃんと働《はたら》いてくれよな」そう言ったのは、田沢《たざわ》くんだ。

「ごめんごめん」

ウサギ小屋の中には、田沢《たざわ》くんとさとるに加《くわ》えて、凪《なぎ》と海音《あまね》もいた。学期終わりの大掃除《おおそうじ》。

ウサギ小屋は、ぼくたち五人がやることになっていた。

「ほら、鈴木《すずき》くんも早く入って」

「もう、掃除《そうじ》終わっちゃうよん」

女子二人に招《まね》きいれられて、ぼくはウサギ小屋に入った。

クソアタック事件《じけん》以来《いらい》、マコちゃんの田沢《たざわ》くんに対する態度《たいど》は変《か》わった。仲《なか》よくするわけではなかったけど、目の敵《かたき》にするようなことはなくなり、二度と「サイクロンハンマー」が飛《と》ぶことはなかった。

「ババーンと解決《かいけつ》しちゃったじゃん！」

事情《じじょう》を知らない海音《あまね》に、ぼくはなんと説明《せつめい》したらいいかわからず、だまっていた。

そして、ピースケは元気だ。ぼくたちがお尻《しり》をぶつけあいながら掃除《そうじ》している間じゅう、足のすきまをぬって小屋の中をはねている。

「ちょっと、さとるじゃま」

田沢《たざわ》くんが、ピースケを追いまわしているさとるに言った。

田沢《たざわ》くんのさとるへのあたりはあいかわらずきつい。でも、以前《いぜん》のようにバカにする態度《たいど》はなくなっていた。

あのあと、ぼくに対する冷《つめ》たい視線《しせん》はすぐになくなった。でも、田沢《たざわ》くんは少し大変《たいへん》だった。一度ついてしまったイメージはかんたんには消えない。みんなによそよそしくされていた田沢《たざわ》くんを救《すく》ったのはブーだった。ドッジボールをするときはいつも田沢《たざわ》くんを誘《さそ》っていたし、グループ分けのときも声をかけていた。当然《とうぜん》おもしろくないと思うやつはいた。でも、まわりのそんな空気をブーは気にしなかった。ブーは、心やさしい男なのだ。

「さとるんるん、もしかして緊張《きんちょう》してんじゃないの？」

海音《あまね》の視線《しせん》の先では、さとるが、ようやくつかまえたピースケを持ちあげている。落ちつかない手つきでブラッシングされて、ピースケは迷惑《めいわく》そうに、もぞもぞしている。

「鈴木《すずき》くんも、なんだか変《へん》だよ」

凪《なぎ》が言った。

「え、ぼくは全然《ぜんぜん》。田沢《たざわ》くんのほうが変《へん》だって」

「なんで、おれが」

田沢《たざわ》くんは顔の真ん中に目と鼻と口をよせた。でも、それはすぐに元にもどった。

「おれ……水、替《か》えてくる」

「ぼくも行く」

さとるは、ウサギ小屋を出る前に、ブラシを壁《かべ》の所定《しょてい》の位置《いち》にきちんとかけた。ちゃんと、整理整頓係《せいりせいとんがかり》の仕事をしてくれているのだ。

さとるは、ぼくが見ていることに気づかず、田沢《たざわ》くんを追いかけていった。

大掃除《おおそうじ》が終われば、マコちゃんのお別《わか》れ会《かい》だ。

決めたらすぐに行動するという、マコちゃんの性格《せいかく》は、たぶんお母さんから引きついだものなんだろう。マコちゃんが初《はじ》めて学校を休んだあの日、マコちゃんのお母さんは、マコちゃんを連《つ》れて、お父さんのいる掛川《かけがわ》へ向かった。家族みんなで話しあうためだ。

そのあと、お父さんから新しい仕事が決まったと連絡《れんらく》があり、マコちゃんのお母さんは、家族いっしょにくらすことを決めた。明日、マコちゃんとお母さんは、お父さんの待つ掛川《かけがわ》に引《ひ》っ越《こ》していく。

「凪《なぎ》、泣《な》かないでよ」

海音《あまね》に言われて、凪《なぎ》はくちびるをとがらせた。

「なんで、わたしが泣《な》くのよ？」

二人の会話を聞いていられなくて、ぼくは、なかなか帰ってこないさとると田沢《たざわ》くんを呼《よ》びに行くことにした。

「ちょっと見てくる」

ウサギ小屋を出るとすぐに、「おーい、鈴木《すずき》ー」という声が聞こえた。花壇《かだん》で手をふる田《た》沢《ざわ》くんのとなりで、さとるがしゃがみこんでいる。

――アリノイエを見ているんだ。

ぼくは二人のところに走った。

アリたちは、想像以上《そうぞういじょう》にタフだった。田沢《たざわ》くんに踏《ふ》みにじられた次の日には復活《ふっかつ》していたし、七月に二度も来た台風を耐《た》えきった。

アリの巣《す》には横穴《よこあな》があって、雨が降《ふ》ると、アリたちはそこに避難《ひなん》するんだそうだ。そのうえ、雨の前には、アリたちは巣《す》にふたまでするらしい。

それでも、まめにレンガを外して、水抜《みずぬ》きをしたことは、きっとアリたちの助けになったことだろう。少なくともぼくはそう信《しん》じている。

花壇《かだん》では、さとるが地べたにはいつくばっていた。

「なんかすごいぞ」同じようにはいつくばった田沢《たざわ》くんが言う。

二人のうしろからのぞきこむと、アリたちが自分の体の何倍もあるアゲハチョウのハネを引きずっていた。

あちこち引っかかるたびに、黒土の上に鱗粉《りんぷん》が落ちる。少し離《はな》れたところに千切《ちぎ》れた胴体《どうたい》

があって、それにも何匹《なんびき》かのアリがとりついていた。それぞれが、好《す》き勝手《かって》に引っぱってい
るように見えたけど、なんだかんだ自分たちの巣穴《すあな》に近づいていた。

「アリ、がんばってる」

そう言って、さとるがぼくをふりかえった。さとるの目はつやつやと輝《かがや》いていた。

「これさ、巣《す》に入んないんじゃないの？」田沢《たざわ》くんが言う。

「だいじょうぶだよ」ぼくは言った。

何もかも、うまくいきそうな気がする。

歌岡《うたおか》先生が、マコちゃんが家の都合で引《ひ》っ越《こ》すことを告《つ》げ、学級委員である凪《なぎ》の司会《しかい》でお
別《わか》れ会《かい》が始まった。
安西《あんざい》くん、黒田《くろだ》くん、中野《なかの》くんがマジックを披露《ひろう》した。だいじなところで失敗《しっぱい》してしまい、
三人はあせっていたけど、それを見たマコちゃんが大笑《おおわら》いしていたから、役割《やくわり》は果《は》たせたと
思う。
ブーのお別《わか》れのあいさつは、「サッカーまた始めるんだってな。がんばれよ。ドッジボー

ルも負けんなよ」と、とても短いものだったけど、マコちゃんはまじめな顔でうなずいていたから、二人の間では、それでじゅうぶんだったのだろう。

マコちゃんのあいさつは、さらに短くて、「あー、なんつーか、あれだ。あばよってやつだ」と言っただけだった。

最後《さいご》にマコちゃんは、凪《なぎ》から小さなブーケを受けとった。色とりどりのヒャクニチソウを束《たば》ねたもので、それは凪《なぎ》の家の庭で育てたものだという。

号泣《ごうきゅう》する凪《なぎ》を、マコちゃんはこまったように見つめていた。

○

お別《わか》れ会《かい》が終わると、ぼくたち三人は、神社へ向かった。

階段《かいだん》の下に着くと、ぼくは考えていたことを実行に移《うつ》そうと、すうっと息を吸《す》った。

「サイクローン……ダッシュ！」叫《さけ》ぶと同時に、かけだした。

「あ！　ずりい！」

「待ってえ！」

マコちゃんとさとるの声を背中《せなか》で聞きながら全力で走る。

階段《かいだん》の半分を過《す》ぎても、ぼくが先頭だ。いいぞ。特訓《とっくん》の成果《せいか》があらわれている。ひざはガクガクだけど、蝉《せみ》の声が背中《せなか》を押《お》してくれた。

ぼくは最後《さいご》の力を振《ふ》りしぼり、足に力を入れた。


その五分後。ぼくたちは町を見おろしていた。重なりあった屋根の向こうで海がキラキラと光っている。

「まだまだだな」

「育人《いくと》、まだまだ」

結局《けっきょく》、マコちゃんには残《のこ》り十メートルで、さとるには頂上《ちょうじょう》まであと一歩というところで抜《ぬ》かれた。

「うるさいな。まだまだっていうほどの差《さ》はなかったじゃん。さとるなんてほとんど同時だったよ」

「負けは負けだ。おれに勝とうなんて百年早いんだ」

「負けは負け」

「あっそ」

潮風《しおかぜ》が吹《ふ》くと、一瞬《いっしゅん》、蝉《せみ》の声がやんだ。

「さとるのワークは、心配しなくていいから」

マコちゃんに安心して行ってほしい。ありったけの思いを込《こ》めたセリフだった。

「ばーか」

それなのに、マコちゃんはへらへらと笑《わら》った。

「そんなのわかってんだよ。それより、さとる。育人《いくと》のことは任《まか》せたからな」

「なんで、ぼくがさとるに任《まか》せられなきゃならないんだよ」

「そりゃ、育人《いくと》がまだまだだからだろ。なあ、さとる?」

さとるは返事をしなかった。目を伏《ふ》せて、下くちびるをかんでいる。

「なんだよ?　どうしたんだよ、さとる?」

「ダメ。できない」

ぼくとマコちゃんは顔を見あわせた。

「ぼく、特別支援学級《とくべつしえんがっきゅう》に行く」

「えっ……」

「だから、育人《いくと》のこと任《まか》せられない」

「ち、ちょっと待ってよ。なんで急に、そんなことになるんだよ？」

「だって……ずっと、育人《いくと》にワークやってもらうわけにはいかないでしょ？」

さとるは口を固《かた》く結《むす》んで、まっすぐぼくを見つめてきた。

「そ、そんなこと……。ねえ、マコちゃん。さとるに何か言ってやってよ」

マコちゃんは、何も言わずに、さとるをじっと見つめていた。

しばらくそうしてから、ぼくのほうを見て、笑《わら》った。

「いいんじゃね、さとるが自分で決めたなら」

「いやいやいや、そんなこと、急に言われたって、どうしたらいいかわからないよ」

マコちゃんだけじゃなく、さとるまで行ってしまうなんて……。

「ぼく……そんなのいやだよ」

それを最後《さいご》に、ぼくは何も言えなくなってしまった。

「育人《いくと》、笑《わら》う」

さとるは、ぼくのほっぺたをくるくるとさすった。ぽろぽろと流れるぼくの涙《なみだ》を、さとるの指がやさしくぬぐっていく。

「笑《わら》えよ、育人《いくと》」

マコちゃんに言われて、鼻水をすすった。

息を全部吐《は》ききって、また吸《す》って、おなかの下のほうに力を込《こ》め、「ししし」と笑《わら》ってみる。

「ヘックソだなあ」「育人《いくと》、へたくそ」

ぼくの友だちが、となりで笑《わら》っていた。

おわり

作 小林史人
こばやし・ふみひと

1970年、神奈川県生まれ。2018年秋より、児童文学の創作活動を始める。2021年、文溪堂・日本児童文学者協会共同企画の百物語第2期公募に入選。『1話ごとに近づく恐怖　百物語』(文溪堂)の一編として、『③ 嘆きの恐怖』に「泣き塔」が、『⑤ 畏怖の恐怖』に「御鏡凪」がそれぞれ所収される。単著としては、本作がデビュー作となる。
日本児童文学者協会会員。季節風会員。創作集団チームかぐら所属。

絵 kigimura
キギムラ

イラストレーター。1980年生まれ。神奈川県在住。2022年イラストレーション青山塾イラストレーション科(23期)修了。フォルムと配色にこだわったイラストレーションを制作。書籍の装画や挿絵の仕事を中心に活動するほか、個人での作品制作・発表も行っている。

装幀　城所潤(JUN KIDOKORO DESIGN)

ぼくに友《とも》だちがいない理《り》由《ゆう》

2025年4月30日　第1刷発行

作　小林史人
絵　kigimura
発行者　佐藤洋司
発行所　さ・え・ら書房
東京都新宿区市谷砂土原町三丁目1番地
〒162-0842　https://www.saela.co.jp/
電話 03-3268-4261 FAX03-3268-4262
印刷所　光陽メディア
製本所　東京美術紙工

ISBN978-4-378-01569-9
NDC913　C8093

Printed in Japan